中国古代民间传奇

徐 潜 / 主 编

吉林文史出版社

图书在版编目（CIP）数据

中国古代民间传奇／徐潜主编．—长春：吉林文史
出版社，2013.4（2023.7重印）
　　ISBN 978-7-5472-1509-8

　　Ⅰ.①中…　Ⅱ.①徐…　Ⅲ.①民间故事-作品
集-中国-古代　Ⅳ.①I276.3

　　中国版本图书馆CIP数据核字（2013）第063495号

中国古代民间传奇

ZHONGGUO GUDAI MINJIAN CHUANQI

主　　编　徐　潜
副主编　张　克　崔博华
责任编辑　张雅婷
装帧设计　映象视觉
出版发行　吉林文史出版社有限责任公司
地　　址　长春市福祉大路5788号
印　　刷　三河市燕春印务有限公司
版　　次　2013年4月第1版
印　　次　2023年7月第4次印刷
开　　本　720mm×1000mm　1/16
印　　张　12
字　　数　250千
书　　号　ISBN 978-7-5472-1509-8
定　　价　45.00元

序　言

　　民族的复兴离不开文化的繁荣，文化的繁荣离不开对既有文化传统的继承和普及。这套《中国文化知识文库》就是基于对中国文化传统的继承和普及而策划的。我们想通过这套图书把具有悠久历史和灿烂辉煌的中国文化展示出来，让具有初中以上文化水平的读者能够全面深入地了解中国的历史和文化，为我们今天振兴民族文化，创新当代文明树立自信心和责任感。

　　其实，中国文化与世界其他各民族的文化一样，都是一个庞大而复杂的"综合体"，是一种长期积淀的文明结晶。就像手心和手背一样，我们今天想要的和不想要的都交融在一起。我们想通过这套书，把那些文化中的闪光点凸现出来，为今天的社会主义精神文明建设提供有价值的营养。做好对传统文化的扬弃是每一个发展中的民族首先要正视的一个课题，我们希望这套文库能在这方面有所作为。

　　在这套以知识点为话题的图书中，我们力争做到图文并茂，介绍全面，语言通俗，雅俗共赏。让它可读、可赏、可藏、可赠。吉林文史出版社做书的准则是"使人崇高，使人聪明"，这也是我们做这套书所遵循的。做得不足之处，也请读者批评指正。

编　者

2012 年 12 月

目　录

三皇五帝的传说

　　三皇五帝是指我国远古时期的三个帝王和上古时期的五个帝王，合称"三皇五帝"。但三皇五帝究竟是谁？历来说法颇多分歧。据古籍记载，三皇就有燧人、伏羲、神农、女娲、黄帝、共工氏、祝融等不同人选。五帝也是说法各异，有黄帝、颛顼、帝喾、唐尧、虞舜、伏羲、神农、少昊等不同人选。这样，三皇五帝加起来虽然应该为八人，但榜上有名的却又十多位。现在一般认为伏羲氏、神农氏、轩辕氏为"三皇"；少昊、颛顼、帝喾、尧帝（唐尧）、舜帝（虞舜）为"五帝"。

一、关于三皇五帝

三皇五帝指我国远古时期的三个帝王和上古时期的五个帝王，合称三皇五帝。但三皇五帝究竟是谁？说法颇多分歧。

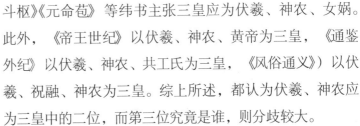

《尚书大传》和《白虎通义》等主张三皇应为燧人、伏羲、神农，而《运斗枢》《元命苞》等纬书主张三皇应为伏羲、神农、女娲。此外，《帝王世纪》以伏羲、神农、黄帝为三皇，《通鉴外纪》以伏羲、神农、共工氏为三皇，《风俗通义》以伏羲、祝融、神农为三皇。综上所述，都认为伏羲、神农应为三皇中的二位，而第三位究竟是谁，则分歧较大。

中国古代民间传奇

至于谁为五帝，也是说法各异。《世本》《大戴记》《史记·五帝本纪》认为黄帝、颛顼、帝喾、唐尧、虞舜应为五帝；而《礼记·月令》以太皞(伏羲)、炎帝（神农）、黄帝、少皞（少昊）、颛顼为五帝；《尚书序》《帝王世纪》则以少昊、颛顼、高辛（帝喾）、唐尧、虞舜为五帝；《战国策》以庖牺（伏羲）、神农、黄帝、尧、舜为五帝。

这样，三皇五帝加起来虽然应为八人，而榜上有名的却有十多位。

我们在介绍三皇五帝的传说时，不能只介绍其中的八位，而是十多位都要介绍。因为有关这些人的传说并非完全是捕风捉影、空穴来风，大多是言之有据、有所从来的，至于他们之中究竟谁是三皇，谁是五帝，并不重要。

如伏羲又称庖牺，传说是个大发明家，曾作八卦，曾结绳而治，编制网罟。当然，这是集体劳动的成果，而不是某个圣人的发明。但这个传说告诉人们伏羲氏族开始使用一种记事符号，又懂得编制网罟捕鸟捕鱼了。

女娲是传说中整理天地的女皇，曾炼石补天。据说，那时天塌地陷，灾害频发，经她补天后，一切都就绪了。这个故事反映了远古时代的一场灾难，以及人类与自然界的艰苦斗争。

神农是传说主掌稼穑的土神，曾尝百草，教民种植五谷。实际上农业生产知识是上古人类实践经验的积累，并非神农一人所为。神农氏的事迹反映了母系氏族制繁荣时期的社会情况，神农氏是原始社会农业进步氏族的名称。

黄帝原住我国西北方，过着不定居的游牧生活，打败蚩尤后又与炎帝族在阪泉发生了三次大战。黄帝统率熊、罴、貔、貅、虎等参战，其实是指率领以这些野兽为图腾的氏族参加战斗。打败炎帝部落后，黄帝进入黄河流域。从此，黄帝部落定居中原，并很快发展起来。史书记载"黄帝之子二十五宗，其得姓者十四人"，这说明黄帝是一个巨大的部落联盟。为此，后人把许多发明创造都归为黄帝的功绩，说他用玉作兵器，造舟车弓箭，染五色衣裳，让妻子嫘祖教人民养蚕，命令大臣仓颉造文字，大挠造干支，伶伦制作乐器。这些传说说明在黄帝时代，生产工具已经大有进步了。

少昊住在山东曲阜一带，以鸟为图腾，有凤鸟氏、玄鸟氏、青鸟氏……共二十四氏。这说明少昊氏是二十四个氏族合成的一个大部落。少昊族是黄帝族向东发展的一支。

颛顼号高阳氏，居住河南濮阳一带，古书记载高阳氏有才子八人，是指有八个氏族。后来，有个部落联盟首领共工氏对颛顼不满，愤怒地用头撞倒了不周山。顿时，撑天的柱子折了，拴大地的绳子断了。于是天向西北倾斜，日月星辰偏移；地向东南洼陷，江河随之东流。这说明古人在观察天地，并试图解释自然现象，已经开始研究大自然了。

国学大师钱穆从人类历史文化演进角度分析三皇五帝时说："中国古代历史传说，极富理性，切近事实，与并世其他民族追述古史之充满神话气味者大不相同。如有巢氏代表巢居时期，燧人氏代表熟食时期，伏羲氏代表畜牧时期，

三皇五帝的传说

神农氏代表耕稼时期。此等名号，本非古所本有，乃属后人想象称述，乃与人类历史文化演进阶段，先后符合。此见我中华民族之先民，早于人文演进，有其清明之观点与合理的想法。"史学界一致认为他说得很有道理。

本书是关于三皇五帝的传说，既然是传说，往往因人而异、因地而异，或因书而异，一事往往有两种或多种说法，一种发明创造往往出现在不同的人身上，甚至有自相矛盾或互相矛盾之处，这是很正常的。最公允的处理办法便是兼收并蓄，然后通过不断出土的大量考古文物来求证传说中的真实部分。

二、燧人氏的传说

在远古时期，我们的祖先不知道使用火。到了黑夜，四处一片漆黑，野兽的吼叫声此起彼伏，人们又冷又怕。由于没有火，人们只能吃生冷的食物，经常生病，寿命都很短。

有一天，山林中降下一场雷雨。突然，"咔嚓"一声，雷电劈在树上，树立即燃烧起来，很快变成了熊熊大火。

人们被大火吓得到处奔逃，不知如何是好。

不久，雨停了，逃散的人们又聚到一起，惊恐地望着燃烧的树木。

这时，有个年轻人发现原来经常在周围出没的野兽没有了。他想：难道野兽怕这种发光的东西吗？于是，他走到火边，要看个究竟。看着看着，他觉得浑身上下十分暖和，舒服极了。他兴奋地招呼大家："快过来呀，这火一点也不可怕，它给我们带来了光明和温暖！"人们听了，纷纷过来烤火。烤着烤着，有人发现不远处烧死的野兽发出了阵阵的香味。

人们走到烧死的野兽身边，分吃烧熟的兽肉，这才发觉从未吃过这样的美味。

人们发现了火的可贵，纷纷抱来树枝点燃，作为火种保存起来。

每天，都有人轮流守着火种，不让它熄灭。不料，有一天守火种的人睡着了，火熄灭了。

火熄后，人们重又陷入黑暗和寒冷之中。

那个引导大家烤火的年轻人见大家十分痛苦，便决心到外面去寻找火种。

年轻人跋山涉水，历尽艰辛，走了千万里路。一天夜里，他实在太累了，就坐在一棵大树下休息。突然，年轻人发现眼前有亮光闪了一下，接着又是一闪，把周围照得很亮。年轻人立刻站起来四处寻找光源，原来有几只大鸟正在用硬喙啄树上的虫子。只要它们一啄，硬喙碰到树干时，就闪出明亮的

三皇五帝的传说

5

火花。

年轻人看到这情景，脑子里灵光一闪，心中大喜，立刻折了一些树枝，用其中的小树枝去钻其中的大树枝，树枝上果然闪出火光来。不过，只是闪光而已，无论怎么钻也不起火。

年轻人并不灰心，他又找来各种树枝，耐心地用不同的树枝钻啊钻啊。当他钻到半夜时分，树枝冒烟了。又过了一会儿，终于起火了。

年轻人高兴得跳起来，日夜兼程赶回家乡，将钻木取火的办法传授给大家。

从此，人们再也不用生活在寒冷和恐惧之中了。人们被这个年轻人的勇气和智慧所感动，一致拥戴他做首领，称他为"燧人氏"。

燧人氏的传说反映了中国原始时代从利用自然火进化到人工取火的情形。

人工取火是一个了不起的发明，人们从此可以吃烧熟的东西，而且食物的品种也增加了。原来像鱼、鳖、蚌、蛤一类东西，因有腥臊味不能吃。有了钻木取火的办法后，这些东西就可以烧熟来吃了。

燧人氏既代表一个人物，也代表一个氏族或一个部落的历史，有时又代表先民生活的一个时代。"燧人氏"一词多义，这在中国上古神话传说中是很普遍的。

人工取火的发明结束了人类茹毛饮血的时代，开创了人类文明的新纪元。因此，燧人氏一直受后人的敬重和崇拜，并尊他为三皇之首。

据古史记载，燧人氏不仅发明了"钻木取火"，还发明了"结绳记事"。那时，人类还没有文字，生活中有许多事全凭大脑记忆。时间久了，有些事情往往会被遗忘。

燧人氏用柔软而有韧性的树皮搓成细绳，然后将数十条细绳排列整齐悬挂在一处，在上边打结记事。大事打大结，小事打小结，先发生的事打在里边，后发生的事打在外边。为了能够记录更多的事，燧人氏又利用植物的天然色彩把细绳染成各种颜色，每种颜色分别代表一类事物，使所记之事更加清楚。

商丘古城西南 1.5 千米处，有一座高约 10 米的古冢，这便是给中华民族带来光明的燧人氏之墓。因燧人氏是传说中的三皇之一，这座陵墓又称燧皇陵。

经历代一再重修，燧皇陵已形成一个占地4万多平方米的陵园，长达5000米的围墙和墙瓦古色古香。陵门三楹，十分壮观。进入陵园大门首先映入眼帘的是一条神道，神道两边有排列整齐的石雕，庄严肃穆。燧人氏墓冢和雕像矗立于陵区的中心，墓冢高大雄伟，墓前有一通石碑，上镌"燧人氏陵"四个大字。皇陵四周绿草如茵，翠柏环抱。

解放后，人民政府对燧皇陵不但进行了整修，而且还扩建了陵园，供人瞻仰。

三、伏羲氏的传说

伏羲是中华民族敬仰的人文始祖，是三皇之一。

伏羲一作宓羲、包牺、伏戏，因是三皇之一，也称牺皇、皇羲。

相传，伏羲的母亲名叫华胥氏，是一个非常美丽的女子。有一天，华胥氏外出，在雷泽中无意中看到一个特大的脚印，好奇的华胥氏用她的脚丈量了巨人的足迹，不知不觉中竟受孕了。华胥氏怀胎十二年后，伏羲氏降生了。

为了纪念伏羲氏诞生，人们称其出生地为成纪。因为在古代，人们把十二年作为一纪。据考证，成纪就是今天的甘肃省天水市。

传说伏羲根据天地间阴阳变化之理创制了八卦，即以八种简单却寓义深刻的符号来概括天地之间的万事万物。

相传伏羲氏是中国文献记载中的最早的智者之一。伏羲氏对事物有着敏锐的观察力，拥有着超人的智能。他将观察到的一切用一种简单的符号描述下来，这就是八卦。

八卦是中国古文字的发端，结束了结绳记事的蒙昧历史，开创了中华文明，伏羲因而被奉为中华民族的"人文之祖"。

在天水渭南乡西部有一座卦台山，相传是伏羲氏画八卦的地方。传说在伏羲氏生活的远古年代，人们对于大自然一无所知。当下雨刮风、电闪雷鸣时，人们既害怕又困惑。聪慧过人的伏羲想把这一切都搞清楚，于是他经常站在卦台山上仰观日月星辰，俯察周围的万物，并研究飞禽走兽的脚印和身上的花纹。

有一天，伏羲又来到卦台山上。正在他仔细观察时，忽听一声怪吼，只见卦台山对面的山洞里跃出一匹龙马。这匹龙马龙头马身，身上还有非常奇特的花纹。这匹龙马一跃就跃到卦台山下渭水河中的一块巨石上。这块巨石状如太极，衬着龙马身上的花纹，使伏羲氏顿有所悟，于是画出了八卦。此外，伏羲氏还模仿自然界中的蜘蛛结网而制成网罟，用于捕猎。

传说后来一次特大洪水吞没了人类，唯有伏羲和他的妹妹女娲幸存下来。要使人类不致灭绝，他俩必须结为夫妻。但兄妹成婚毕竟是难以令人接受的，于是他俩商量由天意来决定这件事。兄妹俩各自拿了一个大磨盘分别爬上昆仑山的南北两山，然后同时往下滚磨盘，如果磨盘合在一起，就说明天意让他俩成婚。结果，磨盘滚到山下竟然合二为一了，于是他俩顺从天意成婚，人类从此得以延续。伏羲与女娲生儿育女，成为人类的始祖。其实这个传说并不荒唐，兄妹成婚是真有其事的，反映了人类异姓通婚之前的族内血缘婚。

在血缘婚时期的原始部落里，有着共同祖父、祖母辈的兄弟姐妹形成一个夫妻圈子；他们的儿女又组成另一个夫妻圈子；同样，其孙子、孙女们再组成第三个夫妻圈子。这种婚姻的典型式样是一群兄弟与一群姐妹之间互为共夫或共妻，子女自然为集群共有，子女则知母不知父。男人过着多妻生活，同样女人也过着多夫生活。关于血缘婚，中国古代文献里多有记载，如伏羲、女娲兄妹结为夫妻的传说就是血缘婚的一个例子。血缘婚是由久远而漫长的杂婚制迈向伙婚制的一个过渡，是伙婚的低级阶段。

原来，早期人类还保持着一种动物特性，即群体内部男女成员之间实行杂乱的性交关系。这时尚未形成婚姻制度，群体内的每一个女子属于每一个男子，每一个男子也同样属于每一个女子。这就是杂婚，是性行为随意、杂乱没有固定配偶的婚姻形式。群体内的杂乱性交是猿人繁殖后代的根本方式，兄弟与姐妹之间、父母与子女之间发生性行为是无法避免的，也是正常的。这种杂乱的性行为自然而然形成了杂婚。《吕氏春秋》中说："其民聚生群处，知母不知父，无亲戚兄弟夫妻男女之别，无上下长幼之道……"这就是原始社会两性生活的真实写照。中国古代有许多"圣人无父，感天而生"的神话传说，如上面讲的伏

9

羲氏之母华胥氏量巨人足迹而怀孕，貌似荒诞，但反映了最初"民不知其父"的杂婚状态。

伙婚制是家庭进化史上的第二个进步，排除了兄弟姐妹之间的通婚。青年男女的婚姻仍是群体性的，即特定的一群姐妹与另一群体中的一群兄弟通婚。

华胥氏和伏羲氏的婚姻传说，真实反映了中国古代的家庭进化史，再现了古代传说的重要价值。

伏羲氏在天水发源，以蛇为图腾。古史说伏羲氏发源于成纪，发展壮大后，沿着渭河谷地进入关中，然后出潼关东迁，到太行山后折向东南，最后定都于陈。这一活动区与仰韶文化古遗址的分布区域大体吻合。

随着部落的兼并和迁徙，伏羲氏所创立和倡导的古代文明沿渭水到黄河流域与其他民族相融合，形成了以炎黄部落为核心，以伏羲文化为本体的华夏民族。

20 世纪 50 年代末，在天水境内发现的大地湾文化遗址与有关伏羲氏的传说故事及史料记载有着诸多吻合，成为最终揭开中华文明起源之谜的有利条件。

通过对伏羲氏及伏羲文化的深入研究，将把中华文明史推向更早的年代，中华文明史可能是八千年至一万年。

伏羲文化所体现的哲学思维、科学走向、人文精神和创造精神，对于今天的自然科学和社会科学研究具有十分重要的现实意义。伏羲文化的传播对于提高民族自信心，增强民族凝聚力，团结海内外华人积极支持和参与国家建设，促进祖国和平统一，进一步扩大对外文化交流，维护世界的和平与发展具有极其重要的作用。

河南淮阳蔡河之滨耸立着伏羲氏之陵，建于春秋时期，传延至今。此陵高约六丈，上圆下方。陵区周围古柏参天，碑刻林立，为公认的伏羲氏墓地。

四、女娲的传说

传说女娲是伏羲之妹，创造人类并建立婚姻制度。后来，天塌地陷，她曾炼五色石以补苍天，斩龟足以支撑天。

在洪荒时代，共工氏在战争中失败，羞愤之下朝西方的不周山撞去。原来，这不周山本是大地上支撑青天的柱子。不周山被撞倒了，天地之间的大柱断了，天倒下了半边，出现了一个大窟窿，地也陷了一道大裂纹，山林燃起了大火，洪水从地下喷涌而出。

这时，平原上的人大多数都被洪水淹死了，幸存者只好逃上高山。但是，山林是兽类的领地，它们向人类发起疯狂的攻击，又有许多人被野兽吃掉了。人类遇到了空前的灾难，面临着灭绝的危险。

女娲目睹人类的悲惨遭遇，感到无比痛苦，于是决心补天，解救百姓。她选用各种各样的五色石子，架起火将它们熔化成浆，用这种石浆将天上残缺的窟窿补好，随后又斩下一只大龟的四脚，当做大柱子把倒塌的半边天支起来。女娲还擒杀了残害人民的黑龙，刹住了兽类的嚣张气焰。为了堵住洪水，使其不再漫流，女娲还收集了大量芦草烧成灰，堵住向四面泛滥的洪流。

经过女娲一番辛劳整治，苍天补好了，大地填平了，洪水止住了，猛兽也敛迹了，人民又重新过上了安乐的生活。

但是，这场特大的灾难毕竟还是留下了痕迹。从此，天有些向西北倾斜，因此太阳、月亮和众星晨都很自然地落向西方；大地向东南倾斜，因此江河都往东流。当天空出现彩虹的时候，那就是女娲选用的五色石发出的彩光。

某些史前事件虽以民间传说或神话的形式存在，但存在着蛛丝马迹，让人能够找到事实依据。专家在研究白洋淀流域的历史地貌时发现，从任丘、河间到保定、望都一带，向西偏北的方向延伸，一直到完县、满城附近，存在大量特殊的地

貌——碟形洼地。这种碟形洼地是规模巨大的陨石雨撞击后在平原上留下的遗迹。

距今4000—5000年间，一颗小型彗星进入地球轨道，在山西北部的上空冲入大气层并在高空爆炸，落入从晋北到冀中这一广大地区，形成规模宏大的陨石雨。在平原地区形成了大量的撞击坑，后经地面流水的侵蚀和先民的改造，多个较大的撞击坑群最终形成了白洋淀。其余的较小的撞击坑形成了积水洼地，逐渐成了居民点和碟形洼地群。女娲补天的传说便源于这次陨石雨的撞击事件。

白洋淀地区在新石器时代晚期留下了一个古文化的空缺区，是因为这里发生了巨大的灾害。这次灾害就是陨星雨撞击事件。巨大的撞击灾害来临后，造成了大量人员死亡和外迁，使当地繁盛的古文化从此中断。灾害过后若干年，又逐渐形成了新的古代文化。这一灾害历经一代又一代的传说，一个美丽的神话——"女娲补天"便诞生了。

传说经过这场浩劫，人类幸存者已经很少。为了使人类能再次发展增多，女娲便以黄土和泥，用双手捏起泥人来。

传说女娲抟土造人时，又忙又累，于是，她拿起一根绳子投入泥浆中，然后举起绳子一甩，泥浆洒在地上就变成了一个个的人。这样，一群群人便出现了。

后人传说，富贵的人是女娲亲手抟土造的，而贫贱的人是女娲用绳子沾泥浆，甩在地上变成的。

女娲造人的神话传说反映早期人类社会的生活状况。在母系氏族社会时期，妇女在生产和生活中居于重要地位，女娲造人的神话传说正含有母系社会的影子。

后来，外出作战、渔猎、放牧的男性开始了诸如弓箭、鱼叉、抛石索、独木舟等武器以及小型劳动工具的私有化进程，并在以物易物的交换过程中，开始了对牲畜等生活资料的私人占有。在上述生产和社会活动中，男性比女性具有特殊的有利条件，这才逐渐由女性为中心转变成为以男性为中心。出土的文物说明，在突出女性性征的女神塑像之后，世界各地都开始制造突出男性特征的男神塑像。女性不仅没有掌握物质生产的控制权利，而且也失去了人口生产的主导地位。但是正如女人不会永远保守女神的地位一样，女人也不会永远甘心女奴的地位。

甘肃省天水市秦安县东北部的陇城是女娲的诞生地，为纪念为位女皇的功德，这里自古就建有女娲庙。女娲庙古色古香，气势雄伟，主梁正中一个大"寿"字银光闪闪，两边和其他四角飞檐翘起，点缀着栩栩如生的大象、狮子、麒麟等雕塑，十分壮观。大殿正面六根明柱被楹梁连接，正中楹梁上雕刻着二龙戏珠图案。大殿内正中部有女娲氏的塑像，"炼石补天""捏土造人"塑像活灵活现。大殿前檐上有名人书法家题写的"娲皇宫"匾额。庙院的东部建有一座娘娘庙，与女娲庙东北相连，庙门处立有"娲皇故里"的石碑。

凡有女娲庙的地方都盛行到女娲庙求子的风俗，虽然没有科学依据，但浸透着一种原始生殖崇拜文化。远古时代，部落间的战争极其频繁，十分残酷，全靠人力对抗，肉体残杀，死者甚多。因此，人们期望女性大量生育，使氏族人丁兴旺，以避免灭亡的命运。女娲庙的兴建，不仅在于歌颂女娲的功德，也是对女性的尊重。

女娲陵同黄帝陵一样，也是中国古代皇帝祭奠的庙宇。当地在每年农历三月初十前后都要举行长达七天的大型庙会和祭祀活动。

五、神农的传说

神农氏是中国古代神话传说中农业和医药的发明者，相传他发明及制造了耒耜等多种农具，教人民进行耕作，反映了中国原始时代从采集、渔猎进步到农业生产的情况。

《白虎通义》说，神农氏能够根据天时之宜，分地之利，创作了耒耜等农具，教民耕作，使人民能够吃饱饭，故号神农。

上古时候，人们靠打猎过日子，天上的飞禽和地上的走兽越打越少，人们开始饿肚子了。那时条件太差，害病是常有的事，急需草药救治。

那时，五谷和杂草长在一起，药草和百花混在一起，哪些可以吃，哪些可以治病，谁也分不清。人们病饿交加，神农氏看在眼里，疼在心头。怎样让百姓果腹，怎样为百姓治病？神农氏冥思苦想了很久，终于想出了办法。于是，神农氏带着一批臣民，从家乡随州的历山出发了。

神农氏带着大家向西北大山走去。他们跋山涉水，走啊，走啊，腿走肿了，脚起茧了，仍然不停地走。他们整整走了七七四十九天，来到一个地方，只见高山一座接着一座，峡谷一条连着一条，山上长满了奇花异草，香气扑鼻。看到这些美景，大家的精神为之一振。

神农氏带着大家正往前走，突然从峡谷中蹿出一群狼虫虎豹，把他们团团围住了。神农氏临危不惧，马上让臣民挥舞手中的鞭子向野兽打去。他们刚打走一批，又拥上来一批，一直打了七天七夜，才把野兽赶跑。那些虎豹身上被鞭子抽出的伤痕，后来都变成了斑纹。

这时，大家异口同声地劝神农氏说："这里环境太险恶，咱们还是回去吧。"神农氏摇头说："决不能回去！黎民百姓在饿肚子，病人在受煎熬，我们怎能回去呢？"说着，他带头进了一条大峡谷，来到一座大山脚下。

这座山四面是悬崖峭壁，像刀切的一样陡。山的上半截插在云彩里，望不见山峰。悬崖峭壁上挂着瀑布，仿佛天上的银河掉了下来。悬崖峭壁上长满青

中国古代民间传奇

苔，又光又滑，没有梯子是上不去的。

望着眼前这座高山，大家又劝神农氏说："算了吧，还是趁早回去吧。这样的高山，怕是连鸟都飞不上去的。"神农氏又摇摇头，问大家说："黎民百姓在挨饿，病人在受罪，我们能忍心回去，不管他们吗?"大家听了这话，都留了下来，不再说什么了。

神农氏站在山下对着高山左望右望，上看下看，忽见几只金丝猴顺着高悬的古藤和横在悬崖峭壁上的树枝爬来爬去，跳上跳下，一会儿钻到云里去，一会儿又从云里钻了出来。神农氏见了此景，灵机一动，有了主意。他立即叫大家动手伐木割藤，靠着悬崖峭壁搭架子。他们从春天搭到夏天，从秋天搭到冬天，不管刮风下雨，还是结冰降雪，从不停工。整整搭了一年，搭了三百六十层，终于搭到了山顶。

山上是植物王国，许多植物都没见过，叫不出名字来。神农氏高兴极了，忙着采摘各种植物的果实放到嘴里尝。他开始在这里尝百草，为百姓找吃的，找草药。

神农氏叫臣民在山上栽了几排冷杉当做城墙，以防野兽袭击。他叫人在墙内盖好茅屋，供人居住。后来，人们把神农氏住的地方叫"木城"。

白天，神家氏在山上尝百草。晚上，他叫臣民生起篝火，他在篝火旁就着火光把能用的植物详细地记下来：哪些草是苦的，哪些草是甜的，哪些草是热的，哪些草是凉的，哪些能充饥，哪些能治病，他都写得清清楚楚。

有一天，神农氏把一棵草放到嘴里刚一尝，顿感天旋地转，一头栽倒在地。臣民们吓坏了，慌忙扶他坐起来，不知所措。神农氏明白自己中毒了，可是他已经不能说话了。于是，他只好用最后的一点力气，指了指面前一棵又红又亮的灵芝草，又指了指自己的嘴巴。一个青年慌忙把那棵灵芝草放到嘴里嚼碎，然后喂到神农氏嘴里。神农氏吃了灵芝草，毒气解了，头不昏了，也能说话了。从此，人们便知道灵芝草能让人起死回生。

发生这样的事件后，虽然有惊无险，但臣民们还是担心尝百草太危险了，便又劝神农氏下山

回去。神农氏又摇了摇头，反问道："黎民百姓饿了没饭吃，病了无药治，我能回去吗?"说罢，他又接着尝百草，风雨不误，一天也不休息。

神农氏天天尝百草，尝完一山又一山，一直尝了七七四十九天，踏遍了山山水水，终于尝出了麦子、稻子、谷子、高粱、豆子能充饥，就把它们的种子带回去，让黎民百姓种植，这就是后来的五谷。

为了纪念神农氏尝百草、造福人类的功绩，老百姓就把这一片茫茫林海取名为"神农架"。

神农氏是华夏文明开创者之一，后人将其丰功伟绩总结为八条：驯牛以耕，焦尾五弦，积麻衣革，陶石木具，首创农耕，搭架采药，日中为市，穿井灌溉。

神农架人文历史久远，早在20多万年前就有古人类在此活动。为缅怀祖先，歌颂神农的伟大业绩，1997年于神农架主峰南麓小当阳兴建了一座神农祭坛，神农雕像立于群山之中，气宇不凡，栩栩如生，成为人们永久的纪念。

炎帝（神农）陵位于湖南省株洲市炎陵县城西17千米的鹿原镇。这里洣水环流，古树参天，景色秀丽。

炎帝陵分为五进：第一进为午门，第二进为行礼亭，第三进为主殿，第四进为墓碑亭，第五进为墓冢。殿外有咏丰台、天使馆、鹿原亭等附属建筑。整个建筑飞檐翘角，金碧辉煌，气势恢弘，富有民族传统风格。

六、共工氏的传说

共工氏是中国上古传说中的人物，是神农氏的后代。他是继神农氏之后又一个为发展农业生产作出重要贡献的人，曾发明筑堤蓄水，灌溉农田。

共工氏和他的儿子后土都精通农业，重视农业生产中的水利建设。在考察了部落的土地情况后，共工氏发现有的地方地势太高，浇水灌溉很费力；有的地方地势太低，容易被水淹没，庄稼无法生长。为了改变这种不利于农业生产的情况，共工氏率领大家把地势高处的土运到低地上，将低地填高。这样，不仅可以扩大耕种面积，高地推平后还利于水利灌溉，低地填高后再也不怕水淹了，这对发展农业生产大有好处。同时，为了防治洪水，共工氏还发明了筑堤蓄水的办法。

共工氏部落联盟住在黄河中游的河西地区，即今河南辉县境内。这里是颛顼部落联盟的上游。当时，黄河经常泛滥成灾，殃及百姓。为了防止水患，共工氏率领部落成员修筑了一道河堤。不料，一场大水冲毁了河堤，淹了下游的

颛顼部落联盟。于是，两大部落联盟发生冲突，在中原地区展开了一场大战。最后，共工氏因寡不敌众而失败，逃向西方。

共工氏逃到西方后，只见巍峨峥嵘的不周山(今昆仑山)挡住了去路。他想把不周山撞倒，来表示为事业坚持到底的决心。于是，他运足了一口气，猛地撞向不周山。只听一声巨响，整个山体轰隆隆地崩塌下来，不周山拦腰折断了。

共工氏为事业坚持到底的精神受到了人们的尊敬。共工氏死后，人们奉他为水师，也就是管理水利的神。他的儿子后土也被人们奉为社神，即土地神。

在现实中，共工氏确有其人，曾被尧派去治水，后与灌兜、三苗、鲧并称"四凶"，被舜流放于幽陵，居"共工氏城"。共工氏城位于北京密云燕落村南，

1959年密云水库建成，拦洪蓄水，共城淹没于水下。共工氏城是密云历史上最早的古城，距今约4100多年。据《元和姓纂》及《姓氏考》称，共工氏后人有"龚""洪"二氏，因避难而改姓，"共"字加龙为"龚"，加水为"洪"。

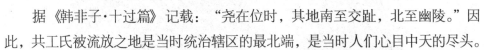

一说舜帝流放共工氏于幽州，所居便是此城。《史记·五帝本纪》说"舜请流共工氏于幽州"。《括地志辑校》说"故共城在檀州燕乐县界，故志传之，舜流共工氏幽州，居此城"。《大明一统志》、清光绪《顺天府志》都有记载。

据《韩非子·十过篇》记载："尧在位时，其地南至交趾，北至幽陵。"因此，共工氏被流放之地是当时统治辖区的最北端，是当时人们心目中天的尽头。

"共工氏头触不周山"的故事流传已久，这个故事较完备的记载见于《淮南子·天文训》。《天文训》通篇所述皆为天文历法之学，这就暗示这个故事必须在天文学中得到恰当的理解。事实果真如此，这个故事其实就是苍龙星纪时的神话体现。

上古时代，我们的祖先根据东方七宿组成的苍龙星的出没周期和方位判断季节和农时。苍龙星周天升于东方，入于西方。当秋冬之交，苍龙星在西北方潜入地面，冬天则整体潜入北方而隐没不见。这在地面上的人看来，就相当于苍龙星周天运行的圆周轨迹在北方出现了一个大缺口。因为苍龙星是在西北方开始下潜的，因此这一缺口是开始于西北方的，所以西北方被称为"不周"。"不周"即不全、残缺之意。

秋冬之交，苍龙星开始隐入西北方的群山时，苍龙星的首宿角最先没入西北群山之后。这时，人们放眼望去，苍龙星初潜的星象正呈现出明亮的龙角与苍茫的远山相触的景象。这种现象就是"共工氏头触不周山"的来历。

共工氏还是我国最早的治水英雄，被后世尊为水神。共工氏治水表现出来的永不言败的精神，是中华民族宝贵的精神财富。

七、黄帝的传说

黄帝是传说中上古帝王轩辕氏的称号。黄帝姓公孙，一说为姬姓。黄帝生于轩辕之丘，故称轩辕氏。黄帝建国于有熊（河南新郑），因此也称有熊氏。《史记·五帝本纪》记载："黄帝者，少典之子，姓公孙，名曰轩辕……黄帝居于轩辕之丘。"河南新郑古时是有熊国的都城，黄帝的父亲少典是有熊国的国君。

少典氏是伏羲帝和女娲帝直系的第七十七帝，有两位夫人：一是任姒，二是附宝。她们是姐妹，是有硚氏之女。公元5000年前，任姒生下了黄帝。

黄帝的诞辰农历二月初二是中和节，又称龙抬头、龙头节，是炎黄子孙共同的节日。中和节是唐德宗李适在贞元五年（789年）制定的。

据《史记·五帝本纪》："……生而神灵，弱而能言，幼而徇齐，长而敦敏，成而聪明。"这是说黄帝出生几十天就会说话，少年时思维敏捷，青年时敦厚能干，成年后耳聪目明。可见我们人类的始祖黄帝是具有大智慧的，是个天才。

据《帝王世纪》所载，黄帝"受国于有熊，居轩辕之丘，因以为名，又以为号"。黄帝又称"轩辕黄帝"，是因为黄帝曾住在"轩辕"这个地方。据史料记载及学术界研究成果，黄帝部族原以游牧生活为主，"轩辕"的发明为部族生活提供了便捷的运输工具，也可遮蔽风雨。其实，轩辕就是活动的房屋，对人类来说太适用了。这在当时是社会生产的一大飞跃，在部族生活中占有重要的地位，起到至关重要的作用。

轩辕黄帝是崇尚黄色的，这是因为其部族生活在黄土高原，哺育他们的大河是黄河，而他们的皮肤又都是黄色的。因此，他们极其喜欢黄色。后来，子孙们尊崇黄帝，同时也尊其所好，于是在中华民族的历史上，黄色便发展为皇帝的专用色彩。中国古代的宫廷建筑都用黄土筑成，成为有别于其他文明的独具特色的黄色文明。

另一方面，黄帝部族以龙为图腾，作为其部族的标志。在中国历史上，龙的形象不断变化，不断

丰富与完善。这实际上是黄帝部族不断发展壮大，中华民族逐渐融合发展的真实写照和反映。

黄帝及其部族最早居住的姬水流域，即今陕西省岐山县一带。后来，黄帝及其部族向东发展到中原地区，并在河南新郑形成政治中心。

据《史记》所载："黄帝号有熊""有熊，河南新郑是也。"据《元和郡县图志》所载："郑州新郑县，本有熊之墟。"

另外，陈留(今属开封)有"黄城"，荥阳有"黄水"，封丘有"黄池"……这些都与黄帝部族的活动有关。

密县的大瑰山、临汝的崆峒山、灵宝的荆山和卢氏的熊耳山等地都有黄帝活动的遗迹，这说明中原地区是黄帝及其部族的重要活动地区。

当时，在中国辽阔的大地上逐渐形成了华夏、东夷、苗蛮三大集团。其中华夏集团以黄帝、炎帝两大部族为核心。它们分别兴起于今关中平原、山西西南部和河南西部，经融合后沿着黄河南北岸向今华北大平原西部地区发展。与此同时，兴起于黄河下游的九夷部落在蚩尤的领导下，以今山东为根据地，由东向西发展，开始进入华北大平原。这样，华夏集团与东夷集团之间的一场武装冲突便开始了。

蚩尤首先与炎帝部族发生了正面冲突，用武力击败了炎帝族。炎帝族为了维持生存，急忙向同集团的黄帝族求援。

黄帝毅然肩负起安定天下的重任，与蚩尤展开大战。传说黄帝与蚩尤一共打了三年仗，交锋了72次，前后经过阪泉之战、冀州之战和涿鹿之战。黄帝在众将辅佐之下，最后把蚩尤消灭在涿鹿之野。这场大战是中国历史上见于记载的最早的战争，对于古代华夏族由野蛮时代向文明时代的转变产生过重大的影响，其目的是为了争夺适于牧放和浅耕的中原地带。

炎帝被蚩尤打败后，实力尚存。他不满黄帝成为天下共主，企图夺回失去的地位，终于起兵造反。

炎、黄二帝发生火并后，决战在阪泉之野进行。经过三场恶战，黄帝得胜，炎帝败得心服口服，甘愿称臣，发誓不再与黄帝抗衡。这场战争彻底结束了原始社会末期因战争而形成的双头领导体制，是部落时期双头领导体制向文明时代一元领导的一次转换，是一种政治制度上具有划时代意义的历史变革。

黄帝及其部族的军事行动加速了中华各部族的融合，从而形成了以中原为核心的南逾长江、东至大海、北达燕赵的内涵相近的先进文化。

从这时起，世界上第一个"有共主"的国家建立起来，中华民族开始形成了，此后人们都尊称黄帝为中华民族的始祖。此外，黄帝在典章制度与经济文化上都有重大的贡献。据《史记》等史书所载，黄帝置左右大监，监管万国。这种管理形式是后世政权的雏形。黄帝的史官仓颉造文字，伶伦作律，容成造历，黄帝本人又考定了星历。黄帝还采铜铸鼎，用玉制造兵器，刳木为舟横济江河，建筑宫室以避寒暑。黄帝的夫人嫘祖发明了养蚕、织丝。我国之所以能巍然屹立于世界四大文明古国之列，这与黄帝的丰功伟绩是分不开的。

在陕西省黄陵县，桥山附近的黄帝陵，是历代君民祭奠中华民族人文始祖黄帝的圣地。黄帝陵园最早建于秦代。汉高祖刘邦建立汉朝后，在桥山西麓建起轩辕庙。唐代宗大历五年（770年）至大历七年（772年），对轩辕庙进行了历时两年的重修和扩建，并植柏树1140株。宋太祖开宝二年（969年），因沮河水常年侵蚀，桥山西麓经常发生崩塌，威胁着庙宇的安全，宋太祖降旨将轩辕庙由桥山西麓移至桥山东麓，这就是今天的轩辕庙。

黄帝陵位于黄陵县城北的桥山顶上，陵区约4平方千米，山水环抱，林木葱郁。桥山山顶立有一块石碑，上刻"文武百官到此下马"八个大字。陵前有一座祭亭，亭中央立有一高大石碑，碑上刻有"黄帝陵"三个大字。祭亭后面又有一块石碑，上书"桥山龙驭"四个大字。再后面便是黄帝陵，黄帝陵位于山顶正中，面向南，陵冢高约4米，周长约50米。

黄帝陵前40米处有一约20米高台，其旁一石碑上书有"汉武仙台"四字，为汉武帝元封元年（前110年），汉武帝巡游朔方归来，祭奠黄帝时所筑。

黄帝陵下的轩辕庙里面有一些古建筑、古柏和石碑等文物，庙门左边有一棵巨大的柏树。相传此柏为黄帝亲手所植，故称"黄帝手植柏"，距今已有4000多年的历史了。大殿雄伟壮丽，门额上悬挂有"人文初祖"四字大匾，大殿中间有富丽堂皇的黄帝牌位。

在全国许多地方，都有与黄帝有关的遗迹，黄帝陵也有多处，但今陕西省黄陵县的黄帝陵和黄帝庙已成为人们拜祭黄帝的中心。

八、祝融的传说

祝融是神话传说中的古帝，号赤帝，后人尊他为火神。传说祝融是三皇之一，住在昆仑山的光明宫，是他传下火种，教人类使用火的。一说祝融原叫黎，在担任火正官时，黄帝赐他姓"祝融氏"。

传说黎是一个氏族首领的儿子，生来一副红脸膛，长得威武雄壮，聪明伶俐。那时，燧人氏虽发明了钻木取火，但还不大会保存火种。黎自幼喜欢火，十几岁就成了管火的能手。火一到他的手里，就能长期保存下来。黎会用火烧菜、煮饭，还会用火取暖照明、驱逐野兽、赶跑蚊虫。这些本领在那时是了不得的事，因此大家都很敬重他。

有一天，黎的父亲带着整个氏族长途迁徙。因带着火种走路不方便，黎就只把钻木取火用的尖石头带在身边。

傍晚，大家刚歇下来，黎就取出尖石头，找了一根大木头，坐在河边一座石山面前钻起火来。可是钻呀，钻呀，钻了一个时辰还未冒烟。没有火怎么能行，大家要用火烧菜、煮饭，还要用火取暖照明、驱逐野兽、赶跑蚊虫。为此，黎只好接着钻。可是钻呀，钻呀，又钻了整整一个时辰，烟倒是冒出来了，就是不起火。

黎想莫非石头不够尖了，于是他举起手中的石头向石山用力地砸去，想砸出更尖的石头。只听"啪"的一声，石头碰在石山上后冒出了几颗耀眼的火星。这火星落在河边干燥的芦花上，芦花"吱吱"地冒起烟来。黎一见这情景，心中大喜，忙蹲下去轻轻地一吹，火苗就从芦花往上蹿了。

自从黎发现击石取火的方法后，就再也用不着费很大工夫去钻木取火了，也用不着千方百计地保存火种了。

黄帝听说黎善于取火，就把他请去，封他为火正官。黄帝非常器重他，赐他姓"祝融氏"。从此，大家就叫他祝融了。

祝融最大的贡献是将火引入室内，让人们过上安全温暖的生活。在现代人看来，用火很简单，但在远古时期，用火是极不简单的。人们虽然掌握了人工取火、保管火种和用火技术，但由于房屋均为草木建筑，一旦失火，危害极其严重，所以人们不敢在房内用火。祝融进一步了解火的性质，掌握了更加全面的用火技术，终于将火引入室内。

祝融叫人将门道开在西壁中间，在室内靠近门道处设一圆形灶坑，接近门道处有一地穴式的通风洞通入灶坑内，并在对准通风洞的另一壁开一洞穴，内置一陶罐，作为存火种之用。门道由三级台阶组成，绕灶坑两侧可直入室内。在门道里设置灶坑有三个好处：一是利于防止野兽侵袭。人们房屋周围都是原始森林，野兽出没，对人威胁很大。晚上人们入睡后，野兽来到房屋门口，见到一大堆火就会吓跑了。二是门口通风，并且灶坑置有通风洞，火容易燃烧。三是门口有火，能够防止冷气进入室内。在祝融的指导下，房屋成了人们温暖的家。人们为了感谢祝融的功德，尊他为"三皇"之一。

黄帝在位时，南方有个氏族首领名叫蚩尤，经常侵扰中原，弄得中原的人无法生活。黄帝号召中原各部联合起来，由祝融和其他几个将领带着去讨伐蚩尤。

蚩尤人多势众，他的81个兄弟个个身披兽皮，头戴牛角，十分凶猛。祝融献了一计，叫自己的部下打着火把四处放火，把蚩尤的部队烧得焦头烂额，慌慌张张地向南逃走了。黄帝驾着指南车，带着部队乘胜追击，终于把蚩尤杀死了。祝融发明了火攻的战法，立了大功。黄帝重重封赏了他，他成了黄帝的重臣。

黄帝班师后，祝融被留在衡山，管理南方的事务。他住在衡山的最高峰上，经常巡视各处。他看到南方的百姓吃生东西，就教他们用火把东西烧熟了再吃。他看到南方的百姓晚上摸黑干活，就教他们使用松明点火照明。他看到南方蚊虫多，百姓经常生病，就教他们点起火堆，用烟熏的办法驱赶蚊虫。祝融管理南方后，南方人丁兴旺，丰衣足食，百姓过上了好日子。

祝融在南岳活到一百多岁才死去，百姓把他埋在南岳的一个山峰上，并把这个山峰

命名为赤帝峰。祝融住过的南岳最高峰，大家一直叫它祝融峰。在祝融峰顶上，百姓修建了一座祝融殿。

祝融殿位于海拔1290米的祝融峰顶，坐北朝南，木石结构，建筑面积527平方米。中轴线上由南至北依次为山门、正殿、后殿。山门为四柱三楼式石牌坊，山门与正殿间为天井，左右有廊与殿宇相连。正殿面阔三间，进深二间，为抬梁式木构架，硬山顶，盖铁瓦。正殿内为祝融塑像，其像慈眉善目，栩栩如生。

传说尧在位时，洪水滔天，黎民百姓生活于水深火热之中。尧下令鲧去治理洪水，可九年过去了，仍无成效。后来，鲧知道天上有一种叫"息壤"的宝物，只要用一点投向大地，马上就会变大，可以积成山，堆成堤。于是，鲧设法到天上偷了息壤，到人间堵塞洪水，大地这才渐渐看不见洪水了。传说天帝知道息壤被窃，就派火神祝融下凡，在羽山把鲧杀死，并夺回余下的息壤。天帝见祝融立了功，便命他留在人间监视治水，命他掌管一方之水。由于祝融属南方之神，所以天帝就叫他兼任南海之神。

供奉祝融的南海神庙是我国古代海神庙中唯一遗存下来的最完整、规模最大建筑群。

南海神庙坐北向南，恢弘壮观，古朴大方，是典型的中国传统庙宇建筑。

这座神庙始建于隋文帝开皇十四年（594年），距今已有1400多年的历史。庙宇规模宏大，占地面积达3万平方米。其主体建筑是一座五进的殿堂，由南至北依次为头门、仪门及复廊、礼亭、大殿和昭灵宫。南海神庙门前有石牌坊，额题"海不扬波"。庙中保存有历代的许多石刻，还有华表、石狮、韩愈碑亭、开宝碑亭、洪武碑亭、康熙万里彼澄碑亭等附属建筑，构成一组颇具规模的古建筑群。庙中还保存汉代和明代的铜鼓和制钟，以及南海神玉印等重要的文物。这里存放的汉代铜鼓是中国现存三大铜鼓之一。从唐代开始，南海神庙便香火日盛，各朝代政府也派人前往管理庙事，成为全国地位最高的一座海神庙。

中国古代民间传奇

九、少昊的传说

少昊是中国古代传说中的五帝之一，黄帝的儿子，名玄嚣，因修太昊（一说即黄帝）之法，故名少昊。

传说少昊诞生的时候，天空有五只凤凰飞落在少昊氏的院子里，因此少昊又称凤鸟氏。这五只凤凰颜色各异，分别是代表东西南北中五方颜色的红、黄、青、白、玄。少昊具有神奇的禀赋，在父母精心培育下，具备了超凡的本领。

少昊长大后，成为本氏族的首领，后又成为整个东夷部落的首领。他先在东海之滨立国，并且建立了一套政治制度：

少昊以各种各样的鸟儿出任百官。具体的分工则是根据不同鸟类的特点来进行。凤凰总管百鸟，然后再由燕子掌管春天，伯劳掌管夏天，鹦雀掌管秋天，锦鸡掌管冬天。此外，少昊又派了五种鸟来管理日常事务：孝顺的鹁鸪掌管教育，凶猛的鸷鸟掌管军事，公平的布谷掌管建筑，威严的雄鹰掌管法律，善辩的斑鸠掌管言论。另外，再用九种扈鸟掌管农业，使人民不至于贪图享乐；用五种野鸡分别掌管木工、漆工、陶工、染工、皮工等五个工种。因此，一到开会的时间，百鸟齐鸣，少昊根据百鸟的汇报论功行赏，择善而从，一切都处理得井井有条。

少昊见国家欣欣向荣，十分欣慰。为了让国家更加兴旺，少昊请来年轻聪敏、精明强干的侄儿颛顼帮助料理朝政。颛顼不负众望，干得很出色，深得叔父的赏识。

少昊见侄子日夜操劳国事，于心不忍，就将父亲传下来的那张琴搬出来，手把手地教颛顼抚琴，让他散散心，娱乐一下。颛顼聪明好学，很快就成为抚琴高手。他琴艺精湛，赢得了百鸟的齐声喝彩。

几年后，颛顼长大成人，回到自己的国家，成了黄帝的接班人。颛顼走后，少昊觉得空荡荡的。每当看到那张琴，就想起颛顼，平添了许多烦恼。他觉得物在人去，愁也无益，便将那张琴扔进了东海。从此，每当更深夜静、月朗星稀之际，平静的海面便飘荡着婉转悠扬、凄凄切切的声音，让人流连忘返，那就是少昊的琴发出的声音。

据考证，少昊氏最初建立的的国度在山东省东部黄海之滨的日照地区，是史前东夷人的重要支系。考古发现的陶文和大墓证明，少昊氏不仅存在于大汶口文化时期，而且还延续到龙山文化时期，经历了不断迁移和发展的过程。其中，大汶口晚期以莒县陵阳河一带为中心，大汶口末期迁到五莲丹土一带，龙山早中期又迁到日照，在滨海地带形成超大规模的中心，龙山中期之末迁到了临朐西朱封一带，到龙山晚期又迁到曲阜一带。少昊氏的迁移过程是不断发展壮大和文明化水平不断提高的过程，经历了从古国到方国的社会转变。

少昊陵古称云阳山，位于曲阜城东 4 千米处的高阜上，有"中国金字塔"之称。少昊陵占地 24700 平方米，内有古建筑 17 间，碑 22 通，古树 391 株。由南至北依次是石坊、陵门、享殿和陵墓。陵墓顶供奉石刻少昊像。

十、颛顼的传说

传说颛顼是上古五帝中的第二位帝王，本姓姬，是轩辕黄帝的孙子。颛顼的父亲名昌意，娶蜀山氏之女昌仆（又名女枢）为妻，在若水生下颛顼。因颛顼建国于河南杞县的高阳，故号高阳氏。颛顼12岁时，随伯父少昊学习政事。20岁时，回国继承了帝位。

传说黄帝晚年，以仙人广成子、容成公为师，用顺其自然的方法使天下大治。功成名就之后，黄帝产生了退隐之心。他派人开采首山铜矿，在荆山下铸造宝鼎。宝鼎铸成的那天，天外飞来一条巨龙，垂下龙髯相迎。黄帝将宝座传给了能干的颛顼，自己乘龙飞上了九重天。随他同行的朝中大臣、后宫夫人共有七十多位。其余大臣攀着龙髯还想爬上去，结果龙髯被扯断，大臣纷纷跌下来。跌落的大臣望着远去的黄帝哭了七天七夜，流下的眼泪淹没了宝鼎，汇成了大湖，后人称此湖为鼎湖。

传说颛顼聪明过人，足智多谋，在民众中享有很高的威信。他统治的地盘比黄帝时大了许多，北到现在的河北省一带，南到南岭以南，西到现在的甘肃一带，东到东海中的一些岛屿。古代历史书上描写说颛顼曾视察各地，凡他所到之处，都受到民众的热情接待。

颛顼继位后，做了几件大事：

颛顼根据不同的地域条件，因地制宜地发展生产。

颛顼组织大臣夜观天象，根据日月运行来确定四季。他命大臣编制了一套历法，将一年定为360天，后人称之为"颛顼历"。在二十四节气史上，颛顼第一次明确地把以物候观测为重点转移到以天象观测为重点，有了历元、正朔、五星、营室等概念，定下了一年四季，进入了历法的新阶段，开始以建寅月为正月。

颛顼制定了一些礼仪制度，如规定长幼有序，尊长爱幼；妇女在路上遇见男人必须回避，不然要拉到十字大街上去示众。颛顼还规定兄妹不准通婚，完成了从母系氏族社会

向父系氏族社会的过渡。

那时，被黄帝征服的九黎族仍信奉巫教，参拜鬼神。据历史记载，当时巫术、占卜和祭祀泛滥成灾，占卜结果往往互相矛盾，严重影响了部族间的统一和团结。颛顼进行了一次重要的宗教改革，除保留了经国家批准的宗教机构、场所、人员外，下令在民间禁绝巫教。九黎上层贵族拒不执行中央禁令，为此发生了中原与蜀地的战争。这场战争前后进行了一年多，最后以颛顼胜利告终。颛顼禁绝巫教，强令他们顺从黄帝族的教化，促进了族群之间的融合。

据马端临《文献通考》和《乾隆御批纲鉴》记载，中国九州的建置区划始创于颛顼。黄帝时代虽然统一了中原地区，但蚩尤部族大部退据四川、云贵一代，事实上形成了长期独立的局面，直到颛顼在位时才实现了华夏部族与川、黔、滇等地的蚩尤后裔九黎的真正统一。

在此统一的基础上，颛顼决定对中国区域建置进行明确规划，确定了兖、冀、青、徐、豫、荆、扬、雍、梁九州的名称和分辖区域。至此，中国幅员统领万国，即上万个部落，北至幽陵（即幽州，今冀北、辽南一带），南至交趾（即南交，今广东、广西和越南承天以北），西至流沙（在今甘肃敦煌县西南古居延泽一带），东至蟠木（今东海中山）。

颛顼创作了中国第一首"国歌"。据史书记载，这首歌名为《承云》，其基本创作方法是命乐官飞龙氏融汇中国八个大区域的流行乐曲"条风""明庶风""清明风""景风""凉风""阊阖风""不周风""广莫风"的风格特点，创作成乐曲，然后铸造铜质乐钟，用来在万国诸侯到国都开大会时演奏。

颛顼在位78年，死时90多岁，颛顼子孙很多，屈原就是颛顼的后裔。

中国古代民间传奇

颛顼陵位于河南内黄县城南 30 千米的梁庄镇三杨庄，与帝喾陵为邻，人称"二帝陵"。颛顼陵居东，帝喾陵居西，两陵相距 60 米。颛顼陵南北长 66 米，东西宽 53 米，高约 26 米；帝喾陵略小，并靠后两米。这种长辈陵冢大、晚辈陵冢小；长辈陵位趋前、晚辈陵位趋后的殡葬方式，正好印证了颛顼帝"长幼有序"的伦理道德。二帝陵园从下至上有御桥、山门、庙院、陵墓、碑林及纵横其间的甬道，占地面积 350 多亩。陵墓四周有围墙，称"紫禁城"。二帝陵建筑壮丽，碑碣林立，松柏苍苍，历代帝王祭祀不绝，宋代以后列为定制。农历三月二十八日为颛顼诞辰，民间举行大祭，人声鼎沸，香火缭绕，热闹非凡。但因陵区地处黄河故道，又紧靠硝河，河水多次泛滥，加以风沙肆虐，到清朝同治年间，陵墓和建筑群全部被埋于地下。

颛顼陵考古调查始于 1986 年，经发掘，发现了很多遗迹、遗物，有汉砖铺设的多条甬道，唐代建殿基址，宋代建筑基址和水井，元代修建的护陵墙，明代修建的拜殿、院门和神道，清代修建的配殿、山门、御桥等。具有很高的历史价值、科学价值及文化艺术价值。

十一、帝喾的传说

帝喾是黄帝曾孙，玄嚣孙子，父亲叫极，颛顼是他的伯父。传说帝喾生于穷桑(西海之滨)，其母因踏巨人足迹而生。帝喾自幼聪明好学，十二三岁便有盛名。15岁时，帝喾因辅佐颛顼有功，被封于高辛。30岁时，帝喾代颛顼为帝，建都于亳。因他兴起于高辛，故以地为号，号称高辛氏。

帝喾即帝位后，"聪以知远，明以察微。顺天之义，知民之急。仁而威，惠而信，修身而天下服"。帝喾在位70年，天下大治，人民安居乐业。

帝喾有几个儿子在中国历史上也是很有名的。他的元妃姜原生了弃（即后稷）。弃是周的始祖。次妃简狄生了契。契是商的祖先。次妃庆都生了尧。尧是历史上有名的圣贤之君、五帝之一。次妃常仪生了挚。挚继承了喾的帝位，九年后禅让给帝尧。

帝喾以前，人们虽有一年四季的概念，但只是日出而作，日落而息，从事农艺畜牧没有一个科学的时辰顺序，严重制约了农业发展和人们生活质量的提高。因此，帝喾推算历法，颁告天下。《大戴礼记·五帝德》说他"夜观北斗，昼观日，作历弦、望、晦、朔、迎日推策"，或"观北斗四时指向，以定节气；观天干以定周天历度"。

帝喾科学地探索天象和物候变化的规律，初步掌握了观察时间、区分节令的有效方法，划分出四时节令，指导人们按照节令从事农畜活动，极大地促进了社会生产力的发展。华夏农业出现一次伟大的革命，农耕文明走进了一个崭新的时代。

帝喾在位时严格要求自己，在人民群众中以诚信著称，天下人都很敬佩他。帝喾"嫁女盘瓠犬"的故事历数千年而不衰：传说帝喾在位时，犬戎王作乱，帝喾征而不胜，便行文天下，宣布凡取房王人头者，可得千金，封万户，赐帝女为妻。后来，一个头状如狗头的人，人称盘瓠犬，有勇有谋，智取房王首级献给帝喾，帝喾当即履行诺言，嫁女封邑，重赏盘瓠犬。

此外，帝喾还是金、银、铜、铁、铅的发现者。据史书记载，黄帝时代虽然有了金属货币，但金、银、铜、铁、铅尚处于混而为一的状态。帝喾命臣下咸黑率众于峒山（在今河南新郑、荥阳至巩义市一带，另一说在甘肃）开矿冶炼，直至将峒山开掘成空峒山，首次使金属货币分为不同等级，成为流通货币的主要形式。

帝喾陵位于商丘市睢阳区南 25 千米的高辛镇，现存墓地为一高丘，长 200 余米，宽 100 余米。陵前原有帝喾祠、沐浴室、更衣亭、禅门等古建筑，院中有大量碑刻，现仅存明代碑刻一通。帝喾祠建于汉代，元明时又经多次修复。殿宇雄伟壮丽，松柏苍郁，碑碣林立。庙堂中央有一口古井，梁上绘有彩龙，彩龙映入井中，栩栩如生。传说大旱之年求雨多有灵验，因此被人誉为"灵井"。

三皇五帝的传说

十二、尧的传说

传说黄帝以后，出了一个很有名的帝王，名叫尧，是帝喾的儿子。尧身材高大魁梧，长着彩色眉毛，头发特别长。帝喾认为自己的这个儿子一定有出息，便把尧封为唐侯，从此尧又被称为陶唐氏。

尧在唐地与百姓同甘共苦，发展农业，妥善处理各种政务，把唐地治理得井井有条，不仅受到百姓的拥戴，而且还得到不少部族首领的赞许。

帝喾去世后，尧的长兄挚继承了帝位。由于帝挚没有什么突出的政绩，各部族首领渐渐疏远了他。帝挚九年，挚亲率官员到唐将帝位禅给了尧。

尧即位后，局面大变：举荐本族德才兼备的贤者，使族人紧密团结，做到"九族既睦"；又考察百官的政绩，区分高下，奖善罚恶，使政务井然有序；同时注意协调各个邦族间的关系，"协和万邦"，天下安宁，政治清明，世风祥和。

尧即位初期，天文历法还很不完善，百姓经常耽误农时，因此尧就组织专门人员总结前人的经验，令羲、和两族掌管天文，根据日月星辰运行等天象和自然物候来推定时日，测定四季，据此制订历法，然后把节气告诉百姓。

尧任命羲仲为官，让他住在旸谷迎接日出，分辨节气的时间，让百姓按时耕作。尧以月亮一周期为一月，太阳一周期为一年，一年定为366天。尧特地设置了闰月，以便让时令和实际的四季相吻合。这是我国最早的有记载的历法，奠定了中国农历的基础。

尧还发布命令，整顿百官，使各项事业无不欣欣向荣。尧注意倾听百姓的意见，在宫门前设了一张鼓，谁要是对他或国家有什么意见或建议，可以随时击鼓。尧听到鼓声后，立刻接见，认真听取来人的意见。

此外，尧还让人在交通要道设立"诽谤之木"，即埋上一根木柱，木柱旁有人看守，百姓有意见时可以向看守人陈述；如来人要求去朝廷陈述，看守人会给带路。由于能及时听到民众的呼声，尧对百姓的疾苦非常了解，并能及时予以解决。

传说尧执政初期，还没有基本的国家制度，国家只是部落联合体，非常松散，不利于国家的统一管理。尧积累了一定的施政经验后，开始建立国家政治制度，其中重要的一条就是按各种政务任命官员，在我国历史上第一次建立较为系统的政治制度，为奴隶制国家的产生奠定了基础。

尧在位时，我国发生了一场特大洪水。"汤汤洪水方割，荡荡怀山襄陵，浩浩滔天"，水势浩大，奔腾呼啸，淹没山丘，冲向高冈，危害天下，成群百姓葬身鱼腹。

尧对百姓十分关怀，急忙征询四岳(四方诸侯之长)的意见，问谁可以治理水患。四岳推荐鲧去治水，尧觉得鲧这个人靠不住，因他经常违抗命令，还危害百姓的利益，不适宜承担这项重要的工作。但是四岳坚持要尧让鲧试一试，说实在不行再免去他的职务。于是尧任命鲧去治理水患。鲧治水 9 年，毫无功绩，洪水反而越来越猛。这是关于尧的传说中，在用人方面的一次失误。尧追悔莫及，深感对不起黎民百姓。

有关尧的传说，最为人们称道的是他不计出身、不传子而传贤，禅位于来自民间的舜，不以天子之位为私有。《史记》说尧去世时，"百姓悲哀，如丧父母。三年，四方莫举乐，以思尧"，人们对尧的怀念之情极为深挚。

尧陵在山西临汾市东北 35 千米郭村里隅涝河北侧。临汾古称平阳，因尧在此建都，故称尧都。城南有尧庙，城东有尧陵。

尧陵依山傍水，建在山脚下一个半岛形的石丘上，涝河环绕，潺潺西流，陵高 50 米，周 300 米，古柏繁茂，世称神林。北面为仪门，系木构牌坊，斗拱层层叠架，飞檐左右排出，结构精妙，巧夺天工。坊上前书"平章百姓"，背书"协和万邦"。此处为下马坊，文武官员晋谒尧帝陵寝时，至此均须下马落轿。入仪门中院正中为献殿，面阔三间，高大敞朗，东西为配殿。献殿后有石阶 13 级，踏阶而上，原有正殿五间，现存搭建的碑廊，中竖"古帝尧陵"作为标志的石碑，与殿宇同为明代万历年间修造，两旁排列着元、明、清时的碑碣。几千年来，尧一直受到中华民族的推崇，前来瞻仰尧陵的人络绎不绝，尧陵四季香火不断。

十三、舜的传说

中国古代民间传奇

尧在位多年，年纪越来越大了，想找一个接班人。一天，尧召集四方部落首领开会商议此事。

尧说出他的打算后，有个名叫放齐的大臣说："你的儿子丹朱是个开明的人，继承你的位子正合适。"尧严肃地说："他可不行，这小子品德不好，就爱跟人争吵。"另一个叫灌兜的大臣说："管水利的共工氏，为人敬业，工作做得挺不错，可以接班。"尧摇摇头说："共工氏能说会道，表面恭谨，心里另一套，用这号人我不放心。"这次讨论没有结果，尧继续物色继承人。

有一天，尧又把四方部落首领找来商量，要大家推荐接班人。到会的一致推荐舜，尧点点头说："我也听说过这个人，大家都说他好。你们能不能把他的事迹详细说说？"于是，大家向尧讲起了舜的情况：

舜出生于平阳西南数百里一个小村子的农家中，他的身体与众不同，眼内有两个瞳孔，头大而圆，面黑而方，口大可以容下拳头。舜出生不久，母亲就去世了。

舜的后母凶悍乖戾，尤其是舜的弟弟象出生后，舜就更没有好日子过了。舜经常吃不饱、穿不暖，而后母生的三个儿女却吃得饱饱的，穿得暖暖的。但是，舜天性至孝，不管后母如何待他，他总是笑脸相迎，拼命干活，从无怨言。

有一年冬天，天气奇寒，舜身上只穿两件单衣，瑟缩不已。邻里秦老汉实在看不过去，便出面干涉，并希望送舜去读书，但家中却坚持要舜放牛。多亏教书先生善良，在秦老汉的帮助下，舜一边放牛一边学习。

舜从先生那里知道一个人即使有聪明睿智之质，但也必须读书，继承先人传下来的学问。他从书中知道为人要诚实，要有脚踏实地的实干精神。

16岁时，舜长得又高又大，俨如成人。从此，舜开始艰苦的耕作，后母规定他一天到晚都必须干活，连中餐也不准回去吃。有人问他为何一天只吃两餐，

36

他回答道："农家以节俭为本，一日两餐足够了，何必三餐啊！"

舜十分能干，人又忠厚，深受人们的敬重。但在后母眼中，竟成了眼中钉，舜曾无缘无故三次被逐出家门。

舜的日子虽然苦，但舜却加紧学习。不管年龄大小，只要有一技之长，舜都拜之为师。舜曾师事 8 岁的儿童蒲衣子。他从蒲衣子那里学到许多为人的道理，包括一个人从头到脚的"容"，也就是最恰当的形象。如足的容要重，手的容要恭，目的容要端，口的容要止，声的容要静，头的容要直，气的容要肃，立的容要不偏不倚。

舜为人孝顺，侍奉父亲和后母，善待弟弟，每天都恭恭敬敬，小心谨慎，未曾丝毫懈怠过。舜在 20 岁时，因为孝顺出了名。30 岁时，正赶上尧寻访接班人，四岳都推荐舜。于是，尧把两个女儿嫁给舜，从家庭内部来观察他；又让九个儿子和他相处，从家庭外部来观察他。

在舜的影响下，尧的两个女儿极有妇道，不敢因身份高贵而慢待舜的亲人。尧的九个儿子在舜的影响下愈益敦厚了。

在舜的影响下，他身边的人都发生了巨大的变化。舜在历山耕种时，历山的百姓都互让田界；舜在雷泽捕鱼时，雷泽的渔民都互让打鱼的水源；舜在黄河之滨制陶器时，黄河之滨生产的陶器再也没有粗制滥造的。人们都拥戴舜，纷纷前去投奔他。仅仅一年时间，舜所居的地方就变成了村，两年就变成了邑，三年就变成了城。

尧听说后，特地赐给舜用细葛布做的衣裳和珍贵的木琴，还为他建造米仓，赐给他大批牛羊。

瞽叟见舜丰衣足食，分外眼红，想杀掉他。瞽叟故意让舜到米仓顶上去涂泥，然后从下面纵火。舜发现起火，立即用两顶斗笠当做降落伞飘然而下，得以不死。

后来，瞽叟又让舜去挖井，舜心知其计，便先在井壁上挖了一条暗道，可以从旁边钻出去。果然，当舜挖井时，瞽叟和象一起往井里填土，想让舜葬身井下。舜发现后，立即从暗道逃走了。瞽叟和象以为舜必死无疑，心里暗

自高兴。象对父母说："尧的两个妻子和琴归我，牛、羊和米仓分给二老吧！"

于是，象来到舜的屋里，一边弹琴，一边想着美事。不料，一会儿舜就回来了。象见了哥哥，大吃一惊，忙说："我正在弹琴思念哥哥呢！"

舜说："是吗？这才对啊！"

此后，舜继续侍奉父母，爱护弟弟，与往日无异。于是，尧开始试用舜担任各种官职，舜都能胜任，因政绩突出而获得上上下下的一致好评。

此外，尧还通过实地考验，知道舜这个人是可以托付天下的。于是，尧告老还乡，让舜代行天子的政事。舜执政以后，进行了一系列的重大政治改革，使国家出现了一派励精图治的气象。

舜重修历法，祭祀上帝，祭祀天地四时，祭祀山川群神。舜把诸侯的信圭收集起来，再择定吉日，召见各地诸侯，举行隆重的典礼，重新颁发信圭，要求他们忠于职守。

舜即位的当年就到各地巡守，考察民情；还规定以后每五年巡守一次，考察诸侯的政绩，明定赏罚。舜注意与地方的联系，加强了对地方的统治。

舜让人在器物上画出五种刑罚的形状，以起警戒作用；用流放的办法代替肉刑，以示宽大。舜还设鞭刑、扑刑，特别是对不肯悔改的罪犯严加惩治。坏人受到惩处，人们无不心悦诚服。

舜还根据各人所长，分别委以不同职务：禹担任司空，主平水土；后稷主持农业，播种百谷；契担任司徒，掌管教化；皋陶担任司法官，掌管刑罚；垂为共工氏，主管手工业；益为虞官，掌管山林原隰草木鸟兽；伯夷为秩宗，主管祭祀典礼；夔为典乐，负责教育贵族子弟；龙为纳言，专门传达舜的命令和上达下情。舜还规定每三年考核一次官员的政绩，有成绩者加以提拔，不称职者予以撤换。舜设官分职，使官员职守分明，办事效率大大提高了。

这时，洪水还没有退，给百姓造成了很大的灾难。于是舜问四岳说："有没有能够发扬光大尧的事业而出来做官的人啊？"四岳异口同声地说："禹一定能够发扬光大尧的事业。"舜于是命令禹说："你去治水吧，一定要努力干好这

中国古代民间传奇

件事。"禹叩头说："在下不才，还是让契、后稷和皋陶去吧。"舜说："你大胆上任去吧……"

禹是鲧的儿子，自幼聪明过人，长大后能够吃苦耐劳。他德才兼备，仁慈可亲，言而有信。人们都说他的声音符合音律，他的举止符合法度。他事事以身作则，庄重谨饬，堪为楷模。

禹与益、后稷遵照舜帝的命令，发动百姓动工治水。他们翻山越岭，立木桩作标记，测定高山大川，为治水不辞辛苦。

禹为父亲治水未成受到惩罚而伤心，于是劳身苦思，在外面治水十三年，三过家门而不敢入。他节衣缩食，敬奉鬼神；他住在简陋的矮房子里，省下钱财用于治水。他陆上坐车，水里乘船，泥里坐橇，山上乘辇，吃尽了苦头。他左手拿着准绳，右手拿着方尺圆规，车上载着测量四时的仪器，用以开辟了九州的土地，疏通了九条河道，修治了九个湖泽，凿通了九座大山。禹让益发给百姓稻种，在低湿的地方种植；让后稷发给百姓急需的粮食。缺少粮食的地方，就从粮食多的地方调配供给，使各诸侯的领地受益均衡。

禹改变了他父亲只知堵水的做法，用开渠排水、疏通河道的办法，把洪水引到大海中去。他和老百姓一起劳动，戴着箬帽，拿着锹子，带头挖土、挑土，甚至磨光了小腿上的毛，连脚指甲都在水中泡掉了。禹由于过度劳累，伤了身体，走起路来摇摇晃晃，迈步吃力。人们尊敬禹，不以这种步伐为丑，反而美其名曰"禹步"而加以模仿。

经过十三年的努力，终于把洪水引到大海里去，地面上又可以供人种庄稼了。

禹受命治水时，刚新婚不久。为了治水，到处奔波，多次经过自己的家门，都没有进去。有一次，他妻子涂山氏生下了儿子启，婴儿正在哇哇地哭，禹在门外经过，听见哭声，也狠下心没进去探望。

禹巡行各地，让各地进贡适宜生产的物品，并考虑山路和水路运输的便利。

后代的人都称颂禹治水的功绩，尊称他是"大禹"。舜年老以后，也像尧一样，物色继承人。因为禹治水有

功，大家都拥戴他。到舜一死，禹就接班了。舜在位 39 年，南巡时死在苍梧之野，葬于长江之滨的九嶷山。

传说舜勤政爱民，为加强中央与各地的联系，规定各部落君长每五年来蒲阪朝见天子一次，而天子也每五年前往全国各地巡狩一次。每次巡狩时，除大臣外，娥皇与女英都要随行，照顾他的起居。

有一年，盛夏时节，舜巡狩来到洞庭湖。因南方天气太热，娥皇、女英留在洞庭湖的君山上暂憩，舜带领大臣继续南巡。

有一天晚上，女英忽然梦见舜坐着一辆瑶车，在霓旌、羽盖簇拥下从天而降，对她说："我已经不在人世，大家不要悲伤。人生在世，总有一天要分离的。我在天上主掌紫微，一切都好，不要惦念。"女英醒来，忙将此梦告诉娥皇，娥皇安慰她说："妖梦不足为凭，因你平日挂念极了才有此梦。你放心吧，舜没事的，不要胡思乱想。"口虽如此说，但娥皇内心也十分焦灼。

不久，果然传来了舜死在苍梧的消息。娥皇、女英抱头大哭，眼泪渐渐哭干了，滴滴鲜血从眼中流出来。鲜血落在君山的翠竹上，变成了红斑。

娥皇、女英两人修饰打扮一番，决定前去与舜做伴。她们携手投入洞庭湖中，当地人怀着敬畏的心情将她们葬在君山上，并立湘夫人庙来纪念她们。至今君山上还有二妃墓，墓旁斑竹丛生、青翠欲滴。

舜帝陵有两座，一座位于湖南省永州市宁远县九嶷山，一座位于山西省运城市。

第一座是我国最古老的陵墓，建于夏代，秦汉时迁于玉官岩前，明初移至舜源峰下。舜帝陵陵区由陵山（舜源峰）、舜陵庙、神道及陵园组成，占地 600 余亩。陵山上小下大，呈覆斗状，气势恢弘。山北麓建有陵庙，陵庙坐南朝北，规模宏大，占地 24644 平方米，分为前后两重院落，五进建筑。陵庙内建有庄严肃穆的山门、午门、拜殿、正殿、寝殿、厢房。陵庙外有长 200 米的神道，在古木参天的陵区内，陵庙建筑上的石雕、楹联、壁绘栩栩如生。

运城舜帝陵坐北朝南，占地 70 亩，陵高 3 米，周围 51 米。陵冢上槐柏交翠，郁郁葱葱。陵北 30 米即皇城，拱形城门，内以戏楼、卷棚、献殿、正殿、寝宫为中轴线，东西两侧配以廊房及钟楼和鼓楼，布局严谨，左右对称。正殿建于台基之上，重檐歇山顶，斗拱五铺作，面阔五间，进深五椽。殿内舜帝坐像头戴冕旒，身着衮服，神态庄严。

　　作为平民皇帝，大舜永远受到后人的崇敬。

藏族英雄史诗——《格萨尔王传》

　　《萨格尔王传》是藏族的英雄史诗。它是一部在藏族人民中广泛流传、家喻户晓的巨著。这部世界文学名著规模宏伟、卷帙浩繁、内容丰富、场景壮阔、诗文绚丽，是世界上最长的一部史诗，是藏族民间诗歌的代表作，是藏族优秀文化的宝贵遗产和最高成就，是藏族人民对人类文明的一大贡献，也是世界文化宝库中的珍品。有些人将《萨格尔王传》称为"东方的荷马史诗"。

一、史诗的诞生

关于《格萨尔王传》的产生年代，研究者尚无定论，一说产生于 11 世纪，一说产生于 13 世纪，也有人认为产生于 15 世纪。但可以断言，规模如此宏伟的史诗，绝非一个世纪所能完成，也不是几个人的创作。从藏文本的某些部分存在汉族古典小说影响的痕迹看，创作时间应不会太早。几个世纪以来，在传唱中，不断有所发展，卷帙也在不断增加。《格萨尔王传》产生之时，藏族社会正处在一个相当长的分裂割据、动荡不安的历史阶段。

一方面，统治者之间为了争权夺利，彼此征战不息；另一方面，统治者对广大人民群众进行着残酷的压迫和剥削，使人民遭受极大的灾难，因而人民盼望有一个爱护百姓，英勇聪明，能够外御强敌、内修政务的贤明国王出世。在这样的条件下，《格萨尔王传》也就应运而生了。

这部不朽的史诗，大约产生于古代藏族氏族社会开始瓦解、奴隶制国家政权逐渐形成的历史时期，即公元 3 至 6 世纪之间。吐蕃王朝建立之后（公元 7 世纪初叶至 9 世纪）得到进一步充实。在吐蕃王朝崩溃、藏族社会处于大动荡、大变革时期，也就是藏族社会由奴隶制向封建农奴制过渡的历史时期（10 世纪至 12 世纪初叶）得到广泛流传并日臻成熟。在 11 世纪前后，随着佛教在藏族地区的复兴，藏族僧侣开始参与《格萨尔王传》的编纂、收藏和传播。史诗《格萨尔王传》的基本框架开始形成，并出现了最早的手抄本。手抄本的编纂者、收藏者和传播者，主要是宁玛派（俗称红教）的僧侣。

《格萨尔王传》是在藏族古代神话、传说、诗歌和谚语等民间文学的基础上产生和发展起来的，代表着古代藏族文化的最高成就。它描绘主人公格萨尔一生不畏强暴、不怕艰难险阻，以惊人毅力和神奇力量征战四方、降妖伏魔，抑强扶弱、造福人民的英雄业绩，热情讴歌了正义战胜邪恶、光明战胜黑暗的斗争。这部史诗反映了民族发展的重大历史阶段及其社会的基本结构形态，表达了人民群众的美好愿望和崇高理想，描述了纷繁的民族关系及其逐步走向统一的过程，是研究古代藏族的社会历史、阶级关系、民族交往、道德观念、民风民俗、民间文化等问题的一部伟大著作。同时《格萨尔王传》还具有很高的学术价值。

《格萨尔王传》的产生、流传、演变和发展过程，是藏族历史上少有的一种文化现象，在中国多民族的文学发展史上，乃至世界文学史上也不多见。从《格萨尔王传》产生、流传和发展的过程来看，时间跨度非常之大，有一两千年之久；从藏族的社会形态来看，自原始社会末期的氏族社会，经历奴隶主专政和奴隶制社会，到封建农奴制时代，直至今天，这部英雄史诗依然在青藏高原广泛传唱。

历史上藏族社会发展的几个重要时期，都对《格萨尔王传》的流传和发展产生过影响，各个重要历史时期的发展变化，都在这部史诗里得到直接或间接的反映，而《格萨尔王传》对各个时期藏族文化的发展，也起了巨大的促进作用，从而在藏族文化史上确立了不可替代的重要地位。在藏族文化史上没有第二部著作能像《格萨尔王传》那样深刻地反映古代藏族社会发展的历史，对藏族文化的发展，产生如此巨大的影响。从这个意义上讲，《格萨尔王传》堪称"奇书"。

《格萨尔王传》是藏族人民集体创作的一部伟大的英雄史诗，历史悠久，结构宏伟，卷帙浩繁，内容丰富，气势磅礴，流传广泛。《格萨尔王传》为我们提供了宝贵的原始社会的形态和丰富的资料，代表着古代藏族文化的最高成就。史诗从生成、基本定型到不断演进，包含了藏民族文化的全部原始内核，在不断的演进中又融汇了不同时代藏民族关于历史、社会、自然、科学、宗教、道德、风俗、文化、艺术的全部知识，具有很高的学术价值、美学价值和欣赏价值，是研究古代藏族社会

的一部百科全书，被誉为"东方的荷马史诗"。

《格萨尔王传》是世界上唯一的活史诗，至今仍有上百位民间艺人在中国的西藏、内蒙古、青海等地区传唱着英雄格萨尔王的丰功伟绩。在近千年的漫长时期内，民间艺人口耳相传，不断丰富史诗的情节和语言，到 12 世纪初叶，《格萨尔王传》日臻成熟和完善，在藏族地区得到广泛流传。

二、史诗的主要情节、结构和思想内容

（一）史诗的主要情节

《格萨尔王传》讲述了这样一个故事：在很久很久以前，藏族的祖先生活在雪域高原，过着幸福的生活。突然，不知从什么地方刮起了一股妖风，使藏区刀兵四起，烽烟弥漫。藏民祈求菩萨拯救众生，观世音菩萨又向极乐世界的阿弥陀佛恳请帮助。阿弥陀佛派德确昂雅和天妃的儿子格萨尔，降生在南瞻部洲的人世间。为了让格萨尔能够完成降妖伏魔、抑强扶弱、造福百姓的神圣使命，史诗的作者们赋予他特殊的品格和非凡的才能，把他塑造成神、龙、念（藏族原始宗教里的厉神）三者合一的半人半神的英雄。格萨尔降临人间后，多次遭到陷害，但由于他本身的力量和诸天神的保护，不仅未遭毒手，反而将害人的妖魔和鬼怪杀死。格萨尔从诞生之日起，就开始为民除害，造福藏族百姓。

5岁时，格萨尔与母亲移居黄河之畔；8岁时，岭部落也迁移至此；12岁时，在一次岭国以王位和美女珠牡为赌注的赛马盛会上，他战胜了叔叔晁同和岭国的众将领，一举夺魁。按照规定，格萨尔登上了岭国国王的黄金宝座，娶珠牡为妻，从此统领岭国，并正式取名为世界雄狮大王格萨尔洛布扎堆。

格萨尔称王后，为了让岭国的人民获得幸福安宁的生活，进行了四场大战，分别是魔岭大战、霍岭大战、姜岭大战、门岭大战。

岭国的北部有个专食童男童女的魔国国王鲁赞，他生性残暴，涂炭生灵，还抢走了格萨尔的次妃梅萨。为了消灭吃人的魔王救回爱妃，格萨尔独自出征北方魔国，经格萨尔与梅萨的内外配合，终于除掉了魔王。但是，由于梅萨不

愿重返岭国充当次妃，欲独享格萨尔大王的恩宠，给他喝了迷魂酒，致使格萨尔滞留在北方魔国与梅萨生活了12载。12年间，岭国饱经劫难，内忧外患横生，格萨尔的爱妻珠牡遭劫。

岭国的东北方，有个霍尔国，有三个一母所生的国王，他们均以自己帐篷的颜色命名：

黄帐王、白帐王和黑帐王。其中白帐王武艺最强，威震四方。一次，他召集人们聚会，并派出白鸽、花喜鹊、红嘴鹦鹉和黑乌鸦为他四处寻找美女。黑乌鸦飞到岭国，发现了美丽非凡的珠牡，于是禀报给白帐王。白帐王欣喜若狂，即刻发兵岭国，趁格萨尔王在北方魔国之机，在叛徒晁同的内应下攻入岭国，掠走了珠牡，并抢劫了岭国的珠宝

财富。格萨尔酒醒后得知此事，急速返回，乔装打扮来到霍尔国，杀死白帐王，救回珠牡，为岭国报了仇。

岭国的东南方有个紫姜国，国王萨丹精通魔法巫术，且贪得无厌。他企图抢占岭国的盐海。格萨尔王派出霍尔国降将辛巴施巧计，降服萨丹王之子玉拉托居，并亲率大军驻在盐湖边。有了玉拉托居，格萨尔对萨丹的动向了如指掌。后来当萨丹王饮水之时，格萨尔变成一条金眼鱼钻入萨丹腹中，入腹后又变成千辐轮，在其腹内不停地转动，直搅得他心肺如烂粥，最终被降伏。

南方的门国与岭国曾为世仇。当岭国还是弱小部落时，门国曾经侵扰过岭国的达绒部，烧杀抢掠，无恶不作，从此门岭两国结下了不解之仇。如今岭国强盛了，并先后征服了三个魔王，只剩四大魔王之一的门国辛赤。于是在天神的授意下，格萨尔决心征服门国，既除妖患又了旧恨。同时，门国的公主梅朵卓玛美丽无双，正值豆蔻芳年，亦可娶其为妃。于是格萨尔王发兵门国。战争开始后，经过激烈的鏖战，双方均有损伤，相持不下。格萨尔王便亲自出战与辛赤王交锋，终于用神箭射穿他的护心镜，辛赤王死于阵前。格萨尔征服了门国，并得到了梅朵卓玛。至此，格萨尔消灭了四大妖魔，解救了众多百姓。从此四方安定，民众过上了吉祥幸福的生活。

然而，战事并未从此结束。品格低下的叔父晁同因偷盗了大食国的几匹良马，引起岭国与大食国之间的纠纷。当双方僵持不下时，格萨尔王率部出战，战胜了大食，并将大食财宝库中的财宝分给了百姓。卡契国国王赤丹霸道成性，先后征服了尼泊尔、廓尔喀等小国，又带兵进犯岭国。格萨尔王率众反击，杀赤丹、灭卡契国，将该国宝库中的松石财宝分发给百姓后班师回国。

此后，或因岭国遭受侵略，为保卫家乡而反击；或因邻国遣使求援，格萨尔前去解救；或因贪婪的晁同挑起事端，酿成战事；或因岭国出兵占领邻国等，

在岭国与邻国之间又发生过多次战斗。这些大大小小的战争皆以岭国获胜为结局，格萨尔则从战败国取回岭国所需的各种财宝、武器、粮食和牛羊等，使岭国日趋富足强大。

最后，格萨尔完成了在人间降服妖魔、扶弱助小、惩治强暴、安定三界的使命，到地狱救回爱妃阿达拉姆和母亲噶擦拉牡，将国事托付给侄子，即贾察之子扎拉，自己重返天界，规模宏伟的史诗《格萨尔王传》到此结束。

格萨尔王，相传是莲花生大师的化身，一生戎马，扬善抑恶，弘扬佛法，传播文化，成为藏族人民引以为豪的旷世英雄。

史诗英雄格萨尔王生于公元 1038 年，殁于公元 1119 年，享年 81 岁。格萨尔自幼家贫，于现阿须、打滚乡放牧，由于叔父离间，母子漂泊在外，相依为命。16 岁赛马选王并登位，遂进入岭国都城森周达泽宗并娶珠牡为妻。格萨尔一生降妖伏魔，除暴安良，南征北战，统一了大小一百五十多个部落，岭国领土始归一统。格萨尔去世后，岭葱家族将都城森周达泽宗改为家庙，将其显威轶事和赫赫功绩不断昭示后人。岭葱土司翁青曲加于公元 1790 年在今阿须的熊坝协苏雅给康多修建了"格萨尔王庙"。十一届三中全会后，在原址处重建为"格萨尔王纪念堂"。格萨尔王纪念堂由六十四根梁柱、十六根通天柱构成主体构架，四周以墙相围，堂正中塑格萨尔王纵马驰骋的巨像，背塑十三位马战神，正墙左右方塑岭国十二大佛，其左右两边分立将士如云及烈女翩翩。整个纪念堂庄重典雅，雄奇壮观，实乃凭吊览古的盛殿。

格萨尔王是古代藏族人民的英雄，他降魔驱害、造福藏族人民的光辉业绩，早在 10 至 11 世纪，就在我国有雪域之称的西藏草原、风光绮丽的青海湖边、巍峨的日月山下、丝绸古道的陇原大地、天府之国的四川盆地、美丽的孔雀之乡云南等省区民间广泛流传，至今人民依然怀念歌颂着这位民族英雄。

（二）史诗的结构

从《格萨尔王传》的故事结构看，纵向概括了藏族社会发展史的两个重大的历史时期，横向包容了大大小小近百个部落、邦国和地区，纵横数千里，内涵深广，结构宏伟。

主要分成三个部分：

第一，降生，即格萨尔降生部分；

第二，征战，即格萨尔降伏妖魔的过程；

第三，结束，即格萨尔返回天界。

三个部分中，以第二部分"征战"内容最为丰富，篇幅也最为宏大。除著名的四大降魔史——《北方降魔》《霍岭大战》《保卫盐海》《门岭大战》外，还有十八大宗、十八中宗和十八小宗，每个重要故事和每场战争均构成一部相对独立的史诗。

《格萨尔王传》源于社会生活，又有着极为丰厚的藏族古代文学底蕴，特别是有着古代民间文学的坚实基础，在史诗《格萨尔王传》产生之前，藏族的文学品类，特别是民间文学品类，诸如神话、传说、故事、诗歌等已经齐全，且内容丰富、数量繁多。因此，《格萨尔王传》无论是在作品主体、创作风格、作品素材、表现手法等方面，还是在思想内容、意识形态、宗教信仰、风俗习惯等方面，都从以前的民间文学作品中汲取了充分的营养，继承了优秀的传统，各类民间文学作品及其素材均在史诗中有所表现。在语言修辞上，《格萨尔王传》引用了数不胜数的藏族谚语，全书所容纳谚语的数量之多，令人惊叹。有的原文引用，有的还经过加工，如：

春三月若不播种，

秋三月难收六谷；

冬三月若不喂牛，

春三月难挤牛奶；

骏马若不常饲养，

临战逢敌难驰骋。

虽饿不食烂糠，

乃是白唇野马本性。

虽渴不饮沟水，

乃是凶猛野牛本性；

虽苦不抛眼泪，

乃是英雄男儿本性。

藏族英雄史诗——《格萨尔王传》

《格萨尔王传》中，还保留着各种各样、为数众
多的赞词，如："酒赞""山赞""茶赞""马赞"
"刀剑赞""衣赞""盔甲赞"等等，著名的酒赞是
这样的：

我手中端的这碗酒，
要说历史有来头。
碧玉蓝天九霄中，
青色玉龙震天吼。
电光闪闪红光耀，
丝丝细雨甘露流。
用这洁净甘露精，
大地人间酿美酒。
要酿美酒先种粮，
五宝大地金盆敞。
大地金盆五谷长，
秋天开镰割庄稼。
犏牛并排来打场，
拉起碌碡咕噜噜。
白杨木锨把谷扬，
风吹糠秕飘四方。
扬净装进四方库，
满库满仓青稞粮。
青稞煮酒满心喜。
花花汉灶先搭起。
吉祥旋的好铜锅，
洁白毛巾擦锅里。
倒上清水煮青稞，
灶膛红火烧得急。
青稞煮好摊毡上，
拌上精华好酒曲。

中国古代民间传奇

要酿年酒需一年，
年酒名叫甘露甜。
酿一月的是月酒，
月酒名叫甘露寒。
酿一天的是日酒，
日酒就叫甘露旋。
……

有权长官喝了它，
心胸开阔比天大。
胆小的喝了上战场，
勇猛冲锋把敌杀。
……

喝了这酒好处多，
这样美酒藏地缺，
这是大王御用酒，
这是愁人舒心酒，
这是催人歌舞酒。
……

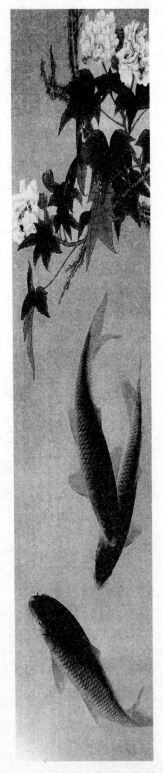

除此之外，《格萨尔王传》还是民间文学素材的宝库，它的许多内容取自民歌、神话及民间故事；反过来，也成为后世文学、艺术创作采集素材、借取题材的丰盛园地。如后来发展变化的民间歌舞中许多曲调均取自《格萨尔王传》，有些歌调就是直接歌颂格萨尔夫妇的。再如题材丰富的神话传说和民间故事，也取材于《格萨尔王传》，著名的《七兄弟的故事》就是将七兄弟为人们盖楼房的故事与格萨尔王的故事交织在一处，浑然一体，相映成趣。再如为数众多、独具特色的绘画与雕塑也以《格萨尔王传》的故事情节为依据，绘成壁画，或将格萨尔当做护法神，雕塑其身加以供奉。《格萨尔王传》采用散文与诗歌相结合的文体，其中的诗歌部分，在藏族文学发展史中的诗歌史上，起着承前启后、沟通古今的作用，表现在修辞手法方面，特别突出地体现在诗歌格律方面。例如：

猛虎王斑斓好华美，

欲显威漫游到檀林，

显不成斑文有何用？

野牦牛年幼好华美，

欲舞角登上黑岩山，

舞不成年轻有何用？

野骏马白唇好华美，

欲奔驰徜徉草原上，

奔不成白唇有何用？

霍英雄唐泽好华美，

欲比武来到岭战场，

比不成玉龙有何用？

此类的诗歌在《格萨尔王传》中随处可见，比比皆是，它不仅继承了吐蕃时代诗歌的多段回环格局，而且突破了吐蕃时期的六字音偈句，成为八字音偈句。这种多段回环体的诗歌格律，在11世纪前后基本形成并固定下来，直到现在也没有大的变化。在藏族民歌、叙事诗、长歌、抒情故事中的诗歌、藏戏中的诗歌以及文人学者的诗作中被广泛采用，成为藏族诗歌中最流行、最为重要的格律。

（三）史诗的思想内容

藏族英雄史诗《格萨尔王传》的思想内容可以概括为：扶弱抑强、为民除害、保卫人民、反对侵略、保家卫国。

1. 扶弱抑强、为民除害、保卫人民

《格萨尔王传》在第一部《天岭卜筮》中，就明确给予格萨尔王"降妖伏魔、扶弱抑强、救扶生灵、使善良的百姓能过上太平安宁生活"的使命。以后所有说部基本是围绕这个主题思想展开的。格萨尔王自己明确宣称："世界上妖魔害人民，抑强扶弱我才来"，"我要铲除不善之国王，我要镇压残暴和强敌"，我要让当权者低头，为受辱者撑腰"。史诗主人公格萨尔王一生中，始终执行和遵守了这个诺言。

2. 反对侵略、保家卫国

当格萨尔王率兵出征北地降魔时，他嘱咐岭国臣民："不要挥兵去犯人，但若敌人来进犯，奋勇抗击莫后退。"这句话成为格萨尔王和岭国众臣、百姓与邻近诸部落和邦国相处的行动指南和外交方针。

三、史诗的艺术价值

（一）结构宏伟、篇幅浩大

《格萨尔王传》最早只有三十余部，后来在不断流传过程中，民间艺人和宗教高僧们根据藏族古代人民的生活、追求、理想和愿望，陆续创作和补充了新的内容进去，像滚雪球一样越滚越大，现已发现的共有一百八十余部，可以说它是内容广博、结构宏伟、卷帙浩繁的一部藏族英雄史诗巨著。

《格萨尔王传》是世界上迄今发现的史诗中演唱篇幅最长的，它既是民族文化多样性的熔炉，又是多民族民间文化可持续发展的见证。这部被多民族共享的口头史诗是草原游牧文化的结晶，代表着古代藏族、蒙古族民间文化与口头叙事艺术的最高成就。无数游吟歌手世代承袭着有关它的吟唱和表演。它历史悠久、内容丰富、气势磅礴、流传广泛，作为一部不朽的英雄史诗，《格萨尔王传》是在藏族古代神话传说、诗歌和谚语等民间文学的丰厚基础上产生和发展起来的，提供了宝贵的原始社会的形态和丰富的资料，代表着古代藏族文化的最高成就，同时也是一部形象化的古代藏族历史。

（二）现实主义与浪漫主义的结合

公元 11 世纪前后，藏族社会处于群雄割据、一山一王、各自为政、互不相

属的状态。各地邦国和部落之间征战不断，黎民百姓遭受战争之苦，因而迫切盼望有一个和平、安定、统一的环境。《格萨尔王传》通过对几十个邦国、部落之间的描写，反映了公元 10 至 11 世纪间的藏族历史事件。塑造了以格萨尔王、王妃珠牡等为首的上百名英雄人物，由他们来完成人民所寄予的安定、和平、统一的

中国古代民间传奇

愿望和历史所赋予的为民除害、保卫人民的任务，这就是现实主义的主要表现。

史诗主人公格萨尔王是神的儿子，无敌于天下、善于变化，有汉族小说《西游记》中的孙悟空般的本领。格萨尔王有役使鬼神、闯入地狱、大闹地府的本领，可以支配自然，在他身上既具有人的性格，又具有神的特征。这些都是围绕一个中心目的，那就是藏族人民对于未来幸福生活的美好憧憬，以及对于自己力量和前途的坚定信念。史诗中魔鬼的设想、地狱的安排、马能忠谏、乌鸦能充当侦探、箭射出去后能自动飞回等，既增加了神话的色彩，又富有现实的基础，既体现了藏族人民丰富的想象力，又采用了积极的浪漫主义表现手法。

《格萨尔王传》就像一个能装乾坤的大宝袋，一座文学艺术和美学的大花园。它植根于当时社会生活的沃土，不仅概括了藏族历史发展的重大阶段和进程，揭示了深邃而广阔的社会生活，同时也塑造了数以百计的人物形象。其中无论是正面的英雄还是反面的暴君，无论是男子还是妇女，无论是老人还是青年，都刻画得个性鲜明，形象突出，给人留下了不可磨灭的印象，尤其是对以格萨尔为首的众英雄形象的描写最为出色，从而成为藏族文学史上不朽的经典。

通过人物本身的语言、行动和故事情节来塑造人物形象，是《格萨尔王传》史诗的特色之一。因此虽然人物众多，却没有给人雷同和概念化的感觉。同是写英雄人物，却各不相同，写格萨尔是高瞻远瞩、领袖气派，写总管王则是机智、仁厚、长者风度，嘉察被写得勇猛刚烈，丹玛则是智勇兼备。人人个性突出，个个形象鲜明。对妇女形象的塑造更是语言优美之至，人物形象栩栩如生，例如，《霍岭大战》之中描述霍尔国三王兴兵去抢岭国格萨尔的王妃珠牡时，是因为霍尔国白帐王派霍尔国四乌去遍寻天下美女，乌鸦给他带回了消息：

> 美丽的姑娘在岭国，
> 她往前一步能值百匹骏马，
> 她后退一步价值百头肥羊；
> 冬天她比太阳暖，
> 夏天她比月亮凉；

遍身芳香赛花朵。

蜜蜂成群绕身旁；

人间美女虽无数，

只有她才配大王；

格萨尔大王去北方，

如今她正守空房。

史诗运用诗歌和散文、吟唱和道白相结合的方式将现实生活中的故事、神话、诗歌、寓言、谚语、格言等融为一体，集藏族民间文化之大成。

从目前搜集整理的情况看，《格萨尔王传》共有一百二十多部，一百多万诗行，两千多万字，是世界上最长的一部史诗。就数量来讲，比世界上最著名的五大史诗，即：古代巴比伦史诗《吉尔伽美什》，希腊史诗《伊利亚特》《奥德赛》，印度史诗《罗摩衍那》《摩诃婆罗多》的总和还要多。迄今发现的藏文版本，已达五十多部。《格萨尔王传》在口头说唱中，艺人随时有所增减，内容原不十分固定。有人记录整理成书，并辗转传抄，甚至被刻成木版印刷，这就使许多名篇逐渐形成固定或半固定的书面文字。但这些刊本出自多人之手，形成不同的版本，再由艺人在传唱时不时地进行加工，内容愈加丰富，情节也更加生动。

现在流传于世经常演唱的、比较重要的大约有三十部左右，即《天岭卜筮》《英雄诞生》《十三轶事》《赛马称王》《世界公桑》《降服妖魔》《霍岭大战》《姜岭大战》《丹马青稞国》《门岭大战》《大食财国》《蒙古马国》《阿乍玛瑙国》《珊瑚聚国》《卡切玉国》《香雄珍珠国》《朱孤兵器国》《雪山水晶国》《白利山羊国》《阿塞铠甲国》《米努绸缎国》《中华与岭国》《松岭大战》《提鸟让玉国》《打开阿里金窟》《开启

药城》《地狱与岭国》《西宁马国》《射大鹏鸟》《安置三界》等，分别叙述了天神降生人世、扫除一切暴虐势力、拯救黎民百姓；格萨尔在赛马会上夺魁，成为岭国国王；格萨尔率领大军降服霍尔、救回王妃珠牡；格萨尔降服姜国、保卫盐海；格萨尔打开阿里金窟，救济人民；

中国古代民间传奇

格萨尔与周围各国交战，取得青稞、马匹、牛羊、珊瑚、玉石、兵器、绸缎、玛瑙、珍珠，壮大了岭国；格萨尔老年将王位传给侄子、自己重返天界的故事。史诗中的格萨尔有超人的智慧和本领，一生征战，打败了一切敌人，取得了一系列辉煌胜利。它以幻想式的夸张手法把格萨尔神化，表达了人民的某些愿望，也曲折地反映了历史上复杂的部落、民族关系。这是《格萨尔王传》分部本的大致轮廓。

在分部本流传的同时，另有分章本也在流传，即把格萨尔一生的主要事迹写在一个本子里，其中分为若干章。这种分章本，可能早于分部本，是较早的歌唱记录。现有青海贵德分章本，共分五章：天神章、降生章、结婚章、降服妖魔章和降服霍尔章。它显然是很不完整的，只能算是一个雏形。在拉达克地区，也有一个分七章的分章本在流传。

《格萨尔王传》的主题思想：

一是为民除害，保护百姓；二是反对侵略，保卫家乡；三是扩大财富，改善生活。

史诗中格萨尔经过一系列惊心动魄的斗争并取得胜利，体现了这一主题思想，并使得格萨尔成为人民心目中最高大、最理想的英雄典型。为了使格萨尔这个英雄人物更丰满、更典型，每一卷都调动了各种艺术手段，安排了生动的情节，进行了精心的塑造。

史诗在第一部《天岭卜筮》中，明确授予格萨尔"降妖伏魔、抑强扶弱、救护生灵、使善良百姓能过上太平生活"的使命。格萨尔也宣称"世上妖魔害人民，抑强扶弱我才来"，"我要铲除不善之国王，我要镇压残暴和强梁"。在格萨尔一生的活动中，也的确实践了自己的诺言。例如，在《降伏妖魔》中，格萨尔力排臣属的劝阻，不顾爱妻的挽留，毅然奔赴北方去消灭那个以"一百个大人作早点，一百个男孩作午餐，一百个少女作晚饭"的魔王。另外，还可以看到，格萨尔每当打败入侵的敌人之后，所惩办的也只是挑起战祸的个别罪魁，对敌国的一般臣民并不杀戮和骚扰，而且还要救济贫苦人民，任用忠臣良将。

格萨尔去北方降魔时，曾嘱咐岭国臣民："不要挥兵去犯人，但若敌人来侵犯，奋勇抗击莫后退。"这些话，始终是格萨尔和岭国英雄的行动准则。如霍尔入侵岭国时，受格萨尔委托代理国政的嘉察协尕尔召集臣民宣告："国家有难，大家要团结起来，同心同德，努力杀敌，为民除害，为国立功。"他本人身先士卒，奋勇杀敌，最后战死沙场。又如《保卫盐海》之部，当姜国出兵夺取岭国盐海的消息传来时，格萨尔说道："姜地兵马犯边疆，寸土不让不投降，花岭大战紫姜国，维护公益图自强，保卫岭国救百姓，保护饭食万民享。"这次战争，尽管敌人十分强大，但是格萨尔率领众英雄和人民，经过八年苦战，终于取得最后胜利。

《格萨尔王传》在长期流传中，也掺杂了某些不健康的思想，也有它历史的局限性，如在某些篇章中，也有岭国率先去侵略别国从而引起战争的事例，不少地方还宣扬了宿命论等唯心主义观点，这是宗教思想在文学上的反映。

《格萨尔王传》之所以家喻户晓、经久不衰，除了具有积极的思想内容、代表了人民的愿望之外，还由于它具有高度的艺术成就。

史诗以其雄浑磅礴的气势，通过对几十个邦国部落之间战争的有声有色的叙述，表现手法起伏曲折，跌宕有致，反映了6至9世纪以及11世纪前后藏族地区的一些重大历史事件，表达了藏族人民不满分裂动荡、渴望和平统一的美好理想，这是史诗现实主义的积极方面。同时，史诗又以绮丽的幻想赋予格萨尔以超凡的本领，把他塑造成天神的化身和能够役使鬼神、支配自然的英雄人物，没有不能战胜的敌人，没有办不到的难事。其他如魔国的设想、地狱的描绘、鸟兽的特殊贡献，也都充满神奇色彩，给史诗增加了浓郁的浪漫主义色彩。

（三）生动、形象的人物刻画

史诗刻画人物极其生动形象，具有叩人心扉的艺术魅力。在全部史诗中，有上百个重要人物出场。无论是正面人物还是反面人物，无论是妇女还是男子，无论老年还是青年，都刻画得性格鲜明各异，个个栩栩如生。

主人公格萨尔王，英勇威严、神通广大、无敌于天下。在他身上具备人和神的两种性格。他具有人的性格：有人间的父母，有人的七情六欲，具有勇敢、智慧、善良的品德，在他身上集中体现了藏族历史上许多对统一和发展作出过巨大贡献的领袖人物和民族英雄的共同特征。

除了把格萨尔塑造得英武神奇、天下无双之外，还塑造了一个美丽、坚贞、能干、智慧的藏族妇女形象——珠牡。格萨尔王的妃子珠牡虽然生在富有之家，但富有正义感，而且具有识英雄的慧眼，她不肯嫁给大食财国的王子，宁肯爱恋备受迫害、穷困潦倒的格萨尔，即使受到父母的责骂，也毫不动摇，显示了藏族女性的美好心灵。当格萨尔前往魔国征战、霍尔寻隙进犯的紧急时刻，她能团结岭国英雄和人民奋起抵抗，在被围困的三年中，她巧施妙计，稳住敌人，等待格萨尔回师，在被俘之后她忍辱负重，毫不丧失信心，这一切，都较深刻地表现了藏族妇女的聪明勇敢和顽强坚贞的性格。在她身上高度集中了藏族妇女的特征，成为藏族人民人人赞美、个个爱戴、有着广泛和深远影响的妇女典范。

史诗对总管王叉根老英雄的描绘，也十分感人。他深谋远虑、洞察真伪、胸怀广阔、顾全大局、忠心为国的崇高英雄形象，通过一个一个的具体情节，令读者由衷敬佩。其他英雄还有冲锋陷阵、所向披靡、赤胆忠心、公正无私的嘉察；智勇双全、百战百胜、使敌人闻风丧胆的丹玛；敢于冲杀、视死如归的昂琼等，在史诗中都描绘得栩栩如生，刻画得活灵活现、激动人心，给读者留下了难忘的印象。在他们身上看到了藏族英雄机智勇敢、仁慈宽厚、众望所归的共同特征。

史诗中的反面人物也刻画得入木三分，使其凶相毕露，令人觉得可恨可恶。如晁同对内傲慢狂妄、对敌卑躬屈膝的叛徒嘴脸，对不明真相的则欺瞒哄骗，被揭穿时则装疯卖傻；霍尔国黄帐王的贪婪、残暴、愚蠢、胆怯的丑恶本性，都写得淋漓尽致，鞭挞了他们肮脏的灵魂。体现了藏族历史上极个别卑鄙无耻、卖国求荣、出卖民族利益、背叛祖国的民族败类的特征。

（四）以典型人物形象来揭示社会深层的矛盾和真理

文学艺术作品中的人物都具有社会性，他们都生活在一定时代的社会环境之中。《格萨尔王传》塑造了典型社会环境中的典型人物。

公元10至11世纪，雪域高原正处在战乱纷争的局面。在这个典型的社会环境中，产生和锻炼出了格萨尔王这样的英雄人物。在他的身上显示出他具有不畏强暴、敢于斗争、所向无敌、叱咤风云、扫平群魔、统一天下的军事和政治才干，以及抑强扶弱、救苦救难的毕生目的，使他成为一个时代、一定社会、一种愿望的代表者。在这一艺术创作过程中，天才的创作者以藏族历史发展道路中的某些真实历史人物和事件作为艺术素材，创作出《格萨尔王传》中的典型人物，具有深刻的、广泛的社会内容和人民情感，反映出一定时代的人心所向、民众所望和历史潮流。正因为这样，《格萨尔王传》在藏族社会中能够家喻户晓、妇孺皆知、历千百年而不衰。格萨尔王的英雄形象强烈地激荡着广大人民的心弦，紧密地联结着人们的肺腑，永远受到人们的赞颂、崇敬和爱戴。表现出创作者们探索生活的奥秘和规律，揭示社会深层的矛盾和真理，发现历史脚步的必然趋势的天才。

（五）群众喜闻乐见的说唱形式

《格萨尔王传》中吸收了很多藏族民间文学的形式、内容和手法，采用广大群众喜闻乐见的说唱形式，有散文叙述，又有唱词。唱词采用民歌诗体和自由民歌的格律诗体。史诗中有祝酒、祝茶等各种赞颂词。还引用了大量的谚语，有些谚语是民间流传的原有格式，有些则是根据史诗剧情的需要而创造发挥的，

可以说是谚语的海洋、赞词的宝瓶，深深植根于藏族人民心中。唱词大量吸收鲁体民歌和自由体民歌的格律，使用了许多民间谚语和民间颂词，因而生动活泼，富有生活气息。

《格萨尔王传》主要以说唱形式流传在民间。自古在藏区各地都有专门说唱《格萨尔王

传》的职业民间艺人，他们深受广大藏族人民的爱戴和欢迎。这些艺人大都不识字，然而使人震惊的是，艺人们盘腿坐在藏式卡垫上，用浑厚的声音一字不漏、不错地叙述演唱格萨尔王的故事，时而站起身来打着手势，滔滔不绝的诗句像江水一样奔泻千里。有的会说唱几部，有的会说唱十几部，有的会说唱几十部。一说唱便是几天、十几天或几十天。聆听故事者无论男女老少，都以一种接受知识、享受艺术的崇敬心情

洗耳恭听。藏族《格萨尔王传》说唱艺人一般被称为仲堪、仲巴，意为故事家，或精通故事的人，故事在这里就专指《格萨尔王传》。从目前调查的情况看，艺人可以分为以下五类：神授艺人、闻知艺人、吟诵艺人、掘藏艺人、圆光艺人。

神授艺人，他们说唱的史诗叫"巴仲"，直译为从天而降的故事。这类艺人大多自称童年做过奇怪的梦，梦醒后不学自会，便开始说唱。说唱的内容、部数由少变多，逐渐成为一名艺人。他们梦的内容不外乎是《格萨尔王传》中的若干故事情节，或史诗中的一位神、一位英雄指示他们把说唱《格萨尔王传》作为终生的使命，于是梦醒后便奉命开始宣扬格萨尔的丰功伟绩。由于他们把梦中的故事归结为神佛的赐予，故自称为神授艺人。据20世纪80年代的调查，当时约有26位神授艺人活跃在藏区，他们居住在西藏的那曲、昌都地区以及青海的玉树、果洛等地。如今，这些艺人大多已经辞世，目前尚有8位艺人在世，他们已是年老多病，不能完整演唱。

神授艺人具有以下几个特点：一是记忆力超群。他们大多不识字，甚至连自己的名字都不会写，却可以出口成诵，流利地说唱史诗一二十部，甚至几十部、上百部。这些史诗的篇章就贮存在他们的大脑中，听众想听哪一部，艺人就可以像从数据库中自由提取信息一样，把指定的部分唱出来。著名的西藏边坝艺人扎巴不识字，却可以说唱42部，至1986年他去世时，西藏大学已将其说唱的26部录了音，共计998小时录音磁带。目前还健在的85岁的桑珠艺人，出生在西藏北部的丁青县，一生浪迹高原，以说唱史诗为生，后定居在墨竹工卡县，他自报会说唱63部，至今由西藏社会科学院录音54部，两千多小时的磁带。此外还有唐古拉艺人才让旺堆会说唱148部。这些目不识丁的民间艺人

真正无愧于鲁迅先生所冠予的"不识字的作家"的称号。这些艺人是史诗的载体，是史诗得以保存至今的知识宝库，没有他们世代的创作与传唱，就没有今天的史诗。此外，神授艺人大多生活在祖传艺人家庭或《格萨尔王传》广泛流传地区，不少艺人的祖辈或父辈就是说唱艺人，他们正是在家庭或史诗说唱环境中受到潜移默化的影响后成为艺人的。神授艺人均具有较特殊的生活经历。在旧社会，艺人地位十分低下，生活极端贫困，他们为生活所迫，以浪迹高原说唱史诗为生，为此，他们阅历丰富，见多识广，在与其他艺人的交流中，其说唱的史诗也得到了充实和提炼。因此，神授艺人成为史诗说唱艺人中最杰出的艺人。

闻知艺人，藏语称为"退仲"，意为闻而知之的艺人，他们是在听到别人的说唱后或看到了《格萨尔王传》的本子后，才会说唱的。这部分艺人约占艺人总数的一半以上。他们多者可以说唱三四部，少则一二部，有的只是说唱一些章部中的精彩片段。闻知艺人生活在史诗流传地区，对于《格萨尔王传》在藏区的广泛传播起到了重要的作用。

吟诵艺人，藏语称为"丹仲"，意为照本说唱的艺人。顾名思义，他们都具有阅读藏文的能力，其诵读的依据多为群众中广泛流传的手抄本、木刻本。新中国成立以后，特别是近二十年以来，大量出版的铅印本《格萨尔王传》成为他们诵读的依据。由于照本宣科，他们在说唱内容上基本是千篇一律的，为了得到群众的喜爱，他们便在曲调上下功夫。丹仲除继承了史诗传统的说唱调式外，还汲取了藏族民歌曲调的精华，使史诗的说唱曲调更加丰富多样，趋于系统化。如在玉树地区，就有大约八十种不同的曲调流传。吟诵艺人主要居住在交通较为发达、藏文普及程度较好的地区。随着藏族地区文化教育事业的发展，会有更多识藏文的年轻史诗爱好者加入到吟诵艺人的行列。

掘藏艺人，藏语称为"德尔仲"，意为发掘出来的伏藏故事。掘藏是藏传佛教宁玛派的术语，他们尊奉莲花生所传的旧密咒，具有将前人埋藏的伏藏经典挖掘出来并继承的传统，并称这些可以发掘伏藏的人为掘藏师。宁玛派把格萨尔王看

做是莲花生和三宝的化身，因此信仰格萨尔，于是就出现了发掘《格萨尔王传》伏藏的掘藏师。掘藏艺人目前为数不多，主要居住在宁玛派广泛传播地域。

圆光艺人，藏语称为"扎巴"，意为占卜者。圆光本为巫师、降神者的一种占卜方法。据说圆光者可以通过铜镜看到常人看不到的图像或文字，然后据此进行占卜。而圆光艺人则是借助咒语，通过铜镜"看到"史诗的文字，然后抄写下来。

在科技飞速发展的今天，古老的口耳相传的史诗说唱传统，正在受到冲击。近年来，说唱艺人锐减，史诗的口头传承正逐渐被书面传播所替代，为此，有效地保护这一濒危的说唱传统，使其得到延续、传承，是我们义不容辞的责任。

学者们已经指出，《格萨尔王传》史诗的演唱基础是"鲁"体民歌。"鲁"体民歌是北部游牧部落中传承的民歌，这也与《格萨尔王传》史诗至今传唱于游牧部落地区的事实相一致。

从演唱形态的史诗在整个藏区的传承和传播情况来看，刚好印证了我们上面所说的史诗在北部乃至多麦和多康地区传唱的分析，这些地区同样也是"鲁"体民歌最为盛行的地区。以唐古拉山和念青唐古拉山为中心（特别是沿唐古拉山山脉的走向），形成了演唱史诗的一个东西走廊，这也和我们上面提到的董、东两部落游牧的路线图基本吻合，特别与董部落的游牧图和向东的发展路线图吻合。从念青唐古拉山和唐古拉山口出发，向东一直到今青海省玉树县的三江源碑附近分成两路，一路沿金沙江南下，一路沿玛曲河北上直到今天的宁夏境内。向西则沿开阔的昆仑山山脉和冈底斯雪山山脉之间的羌塘草原，直到巴尔蒂人居住的拉达克境内。这部史诗在整个流布区域的演唱形态的生存图，基本上是我们现今的调查资料所证实的。从这部史诗的演唱艺人在现今西藏境内的分布情况来看，其特点也很明显，同样在北部游牧地区传承着演唱形式的《格萨尔王传》史诗,在北部的唐古拉山山脉和南部的念青唐古拉山脉之间的游牧走廊上(再向西延伸就是昆仑山山脉和冈底斯山脉之间),广泛地分布着演唱这部伟大史诗的民间艺人。目前了解到的能够完整演唱十部以上史诗的民间艺人有四十多位,其中能够演唱四十部以上史诗的著名民间艺人基本上来自昌都边巴县(扎巴)、丁吉县(桑珠)和那曲索县(玉梅、曲扎)等地,这正是从古至今董、东两部落氏族最为活跃的地区。《格萨尔王传》史诗除了演唱形式传承和传播以外,在西藏也有别的传承和传播方式,比如风物遗迹、传说、舞蹈、民歌等、需要说明的两点是:首先,除演唱以外的上述其他流传形式广泛分布在西藏全境。其次,"传说""风物遗迹"这种传播形式仍然在北部游牧地区占有较大的比重。史诗在西藏的传承和传播是多方面的,但作为史诗主要流传形式的演唱却仅仅在北部地区广泛流传,南部地区虽然也有史诗的流传,但在流传形态上却明显发生了本质的变化。因此,从这些现象我们同样可以肯定北部游牧地区是史诗最早的传承和传播地区,而南部地区则是后来的传承和传播区。另外,就史诗本身的音乐特色来看,虽然我们在后期文献记录中可以看到,吐蕃王朝时期为庆祝桑耶寺竣工,从国王到佛教论师、译师再到王后、王子、大臣,都演唱了代表各自身份的具有调名的歌。有人指出这种调名很像《格萨尔王传》史诗中的各种人物的演唱调名,并依此来断定史诗产生年代等有关问题。这些推测是值得商榷的,首先这些记载发现在史诗已经广泛传播开来的 14世纪及之后,它们之间有互相借用的可能性;再者,即便在早期存在这些调名,也正像一些研究者所说的似乎仅仅是用来表达感情的一个唱腔,并没有一种独特的曲牌之类的东西。特别是近年来经过对安多地区和康巴地区史诗演唱特色的研究,学者们指出《格萨尔王传》的演唱曲调特征是由一个基本曲式结构数次或无限反复的方式来进行。比较固定的结构形式是乐句乐段结构的单一部曲式。它是由上下乐句相互对比。应答、补充达到共同完成音乐内容的结构整体。其音乐唱腔原始,音程由四个音符作一度上下级进,只有三小节末尾与四小节第一个音为三度音,属于典型的吟诵腔。

（六）文学是语言的艺术

　　《格萨尔王传》作为藏族民间文学的精粹，也是丰富精湛的人民口头语言构筑的宏伟大厦，其中突出表现在民间谚语及赞词的大量运用。在史诗中，饱蕴着哲理的谚语比比皆是，而生机盎然的赞词也层出不穷，如英雄赞、马赞、刀赞、鞍鞯赞、弓箭赞、盔甲赞、帽赞、服饰赞、帐篷赞、宫殿赞、酒赞、茶赞等，有几十种之多。这些十数行乃至上百行的赞词穿插在史诗中，不仅烘托了史诗英雄征战的主题，同时还向人们展示了藏族人民生产、生活的场景与经验；不仅反映了人们的审美情趣，而且为藏族语言艺术增添了绚丽多彩的花朵。

　　西藏的演唱传统中史诗具有藏区北部游牧文化的典型特征，乃至于这种以北部民歌为基础形成的演唱传统，由于民族文化特征等的差异，在史诗向南部传播时受到了限制，并不能在南部的田野上广泛普及，而只能以其内容在这里悄悄地滋长，因而在传播形式上发生了变化。

　　格萨尔是在藏族群众中广泛传颂的英雄人物，《格萨尔王传》流传的范围已经超出了藏族地区。千百年来，藏族人民不断以吟唱方式表达对他的崇敬和赞美之情。

　　与世界上一些著名的史诗，如古希腊的荷马史诗、印度的《罗摩衍那》和《摩诃婆罗多》相比，《格萨尔王传》有几个明显特点：

　　第一，《格萨尔王传》是一部活形态的史诗。史诗至今活在人民群众之中，在青藏高原广泛流传。被称为"奇人"的优秀民间说唱艺人，以不同的风格从遥远的古代吟唱至今。

　　第二，《格萨尔王传》是世界上最长的一部史诗。从目前已经搜集到的资料看，《格萨尔王传》有一百二十多卷、一百多万诗行、两千多万字。仅从字数来看，远远超过了世界几大著名史诗的总和。荷马史诗《伊利亚特》共 24 卷，15693 行；《奥德赛》也是 24 卷 12110 行。印度史诗《罗摩衍那》全书分为七篇。旧的本子约有 24000 颂，按照印度的计算法，一颂为两行，共有 48000 行。最新的精校本已压缩到 18550 颂，37000 多行。《摩诃婆罗多》是一部内容十分丰富的史诗。全书分成 18 篇，一般说有 10 万颂，20 多万诗行，在《格萨尔王传》被外界发现和认识之前，曾被看做是世界上最长的史诗。

第三，塑造了数以百计的人物形象。其中无论是正面的英雄还是反面的暴君，无论是男子还是妇女，无论是老人还是青年，都刻画得个性鲜明，形象突出，给人留下了不可磨灭的印象，尤其是对以格萨尔为首的众英雄形象描写得最为出色，从而成为藏族文学史上不朽的典型。通过人物本身的语言、行动和故事情节来实现塑造人物形象，是《格萨尔王传》史诗的特色之一。因此人物虽然众多，却没有给人雷同和概念化的感觉。同是写英雄人物，却各不相同，人人个性突出，个个形象鲜明，对妇女形象的塑造更是语言优美之至，人物形象栩栩如生。

长篇巨幅、题材重大的史诗《格萨尔王传》，以神话、传说、故事、民间诗歌、谚语等民间文学作基础，以时代的现实主义和积极的浪漫主义相结合，用丰富的想象和绝妙的笔调，写出了几十个邦国、部落之间的复杂关系和战争的火热场面。

藏族英雄史诗——《格萨尔王传》

四、史诗的整理、研究及出版

按照史诗流传的规律，它是一种口头叙事，产生于古代社会（民族形成时期）。为什么西方口头传播的史诗现在都没有了？实际上这种史诗都有其发展的共同规律，即经历了从口头形式向书面形式转变的过程。《格萨尔王传》也在遵循这种规律，逐渐从口头传播走向书面传播。我们现在正是在这种传播中，老艺人一个个都去世了，现在一批年轻艺人又开始出现，但是总的趋势是书面文本最终会替代口头说唱，因为某一种文体属于一种特定的时代。《格萨尔王传》卷帙浩繁，内容丰富，是研究藏族历史、地理、社会、文化、宗教、风俗习惯、道德、语言等诸方面的重要文献，在某种意义上说，是藏族文化的一部百科全书。因此引起了国内外文学界、学术界的广泛注意和研究兴趣。

《格萨尔王传》的发掘整理，在中国文化史上亦具有重要意义，为我国多民族的文学史填补了一项重要的空白。它用活生生的事实说明：不但西方有史诗，东方也有史诗；不但古代印度有史诗，我们中国也有史诗，从而推翻了长期以来在学术界似乎已成定论的"中国无史诗"这一错误论断。中国不但有史诗，而且有伟大的史诗，同希腊史诗和印度史诗一样，《格萨尔王传》是世界文化宝库中一颗璀璨的明珠，是中华民族对人类文明的一个重要贡献。

最早搜集整理《格萨尔王传》的除了藏族人以外，还有外国人，例如20世纪30年代法国学者达维·尼尔、石泰安教授都曾在藏族地区搜集过。后来四川的一些汉族学者也做了一些努力。《格萨尔王传》为什么以前没有得到重视呢？因为当时藏族的官方上层认为它是一种民间的俗言俚语，称不上一种文化。

1949年以前，唱《格萨尔王传》的民间艺人也像乞丐一样，浪迹高原，以说唱为生，生活困苦，社会地位低下。到1959年国庆10周年，青海省民研会开展了一个向国庆10周年献礼的活动，下乡搜集民间文学，其中以《格萨尔王传》为重点，搜集了很多《格萨尔王传》的手抄本和木刻

本，以资料形式出现，但当时忽略了民间艺人这部分。其实，故事大部分还保留在藏族艺人的记忆中，文本只是记录了艺人说唱的一小部分。当然整个故事大同小异，格萨尔的诞生，下凡，通过赛马称王，然后开始征战，征服了很多周边的魔，统一三界后完成人间使命，最后是地狱救母，返回天界。但艺人分的部是不一样的，有的分成80部，有的60部，整体的故事从来没有人做过整理。

　　《格萨尔王传》的抢救工作，是包括多方面内容、涉及多种学科、关系到各个部门的系统工程。新中国成立以后，党和政府对《格萨尔王传》的抢救工作十分重视。20世纪50年代，曾开展大规模的搜集整理工作。1959年3月23日，中共中央宣传部为此专门批发文件，把《格萨尔王传》的抢救工作作为国庆十周年献礼的内容之一，经过各民族民间文艺工作者的共同努力，取得了重大成绩，向伟大祖国献了一份厚礼。

　　十一届三中全会之后，《格萨尔王传》的抢救工作重新开始。从1983年开始，史诗的搜集、整理和研究连续三次被列为国家重点科研项目。1984年，经中共中央宣传部批准，由国家民委、文化部、中国社会科学院、中国民间文艺家协会等中央有关部门和西藏、青海、四川、甘肃、云南、内蒙古、新疆等省、自治区的有关部门共同建立了相应的组织机构，统一规划，分工协作，共同完成这个艰苦而又意义深远的文化事业。

　　从20世纪80年代初到现在，在全国范围内抢救、普查、出版、整理、研究等等，出版的藏文《格萨尔王传》大概有130部，另外除了抢救手抄本、木刻本外，抢救艺人的工作也做得很多。当时采访到四十多个藏族说唱艺人，对这些重点艺人进行了重点采访、录音，把他们请到大学、研究所做研究录音。比如扎巴到了西藏大学，桑珠、玉梅到西藏社科院，果洛的格日尖参到了果洛群艺馆等等。为艺人录音大约六千小时，最多最全的就数桑珠了，桑珠艺人今年86岁，在西藏社科院，他录了将近两千小时，是目前能说唱《格萨尔王传》比较完整的艺人。中国社科院和西藏社科院有一个合作项目，专门抢救桑珠艺人记忆中的完整故事，到现在为止已经出了30部，还在陆续出版。格萨尔的故乡在中国，但过去格萨尔的研究中心却在国外，现在国内的研究得到了外国学者的认可，格萨尔的研究中心又回到了中国。

国家曾先后组织数百人的学术考察和科学研究队伍，持续数十年，调查人员的足迹遍及半个中国，这在藏族的文化史上是空前未有的壮举，在我们多民族的祖国大家庭文学艺术发展的历史上，也实属罕见。这生动地体现了党和国家对民族文化事业的高度重视，对各兄弟民族的亲切关怀。

经过几十年，特别是近十多年的艰苦奋斗和不懈努力，形成了一支有几个民族成员，包括说唱、搜集、整理、翻译、出版、学术研究在内的老、中、青结合的科研队伍。人员素质有较大提高，撰写发表了许多具有一定学术水准的论著和调查报告。搜集到极为珍贵的资料，为深入研究《格萨尔王传》奠定了坚实的基础。在此基础上，学术活动不断增多，不仅组织了各种形式的艺人演唱会和学术研讨会，还举办了四次国际学术讨论会。不少国外学者认为，《格萨尔王传》的研究事业发展很快，已成为中国藏学和蒙古学乃至民间文学界最为活跃的学科之一。一个具有中国特色的"《格萨尔》学"的学科体系已初步形成，并不断发展。其中潜在的巨大学科优势和丰富的文化内涵，也日益为人们所认识。1995年6月在奥地利举行的第七届国际藏学会议上，《格萨尔王传》首次作为专题项目在会上讨论。《格萨尔王传》这部古老的英雄史诗，以其独具特色的民族风韵和丰富内容，充分显示了绚丽的光彩和强大的艺术生命力，同时也在国际学术界为祖国赢得了荣誉。

在各级党组织和人民政府的关怀指导下，经过各民族《格萨尔王传》工作者的艰苦努力，《格萨尔王传》相关工作已取得巨大成绩。到目前为止，共搜集到藏文手抄本、木刻本近三百部，除去异文本，约有一百部。已正式出版的藏文本七十余部，总印数达三百多万册，按藏族总人口计算，成年人平均每人一本，同时还出版了二十多部汉译本。

中华人民共和国成立以前，任乃强于20世纪40年代写有《藏三国的初步介绍》《关于藏三国》等文章，介绍了《格萨尔王传》。

中华人民共和国成立以后，一方面搜集

中国古代民间传奇

各种版本、记录口头演唱材料，一方面印制藏文原本和汉文译本。据不完全统计，已经印出藏文原稿 48 部，其中《霍岭大战》《赛马称王》等有几种不同版本，实际出版 31 部。20 世纪 60 年代，青海组织专人译出三十多部，《霍岭大战》上部已出版。20 世纪 80

年代初，甘肃人民出版社翻译出版了《格萨尔王传》的《贵德分章本》《降魔伏妖之部》《卡切玉宗之部》《世界公桑之部》《花岭诞生之部》等。此外，为了加强蒐集出版和研究工作，成立了全国《格萨尔王传》工作领导小组，在中国社会科学院少数民族文学研究所设立了《格萨尔王传》工作办公室，这一史诗的收集工作还被列为国家社会科学研究重点项目。西藏自治区《格萨尔王传》工作小组，组织专门人员记录民间艺人口头说唱材料，注意手抄本和木刻本的收集、整理，作出了显著的成绩。老艺人扎巴能说唱三十多部，已录音 23 部。此外，尚有藏北青年女艺人玉梅也能演唱数十部，一部分已录音。青海、甘肃、四川、云南有关部门，也都积极组织人力，在《格萨尔王传》的收集、翻译和出版、研究工作中开展多方面的活动。

在国外，有些卷已有法文、英文、德文、俄文等译本。1776 年，俄国旅行家帕拉莱斯出版过《格萨尔的故事》。1902 年，法国弗兰克从西藏搜集到关于《格萨尔王传》的一些手抄本，并于 1905 年在印度出版了《格萨尔王本事》的藏英对照本。20 世纪 20 年代，法国达维德尼尔曾在青海藏区，记录了藏族艺人说唱的一部分《格萨尔王传》，回法国后译成法文，1931 年在巴黎出版。以后，她又来中国，搜集到《霍岭大战》手抄本，她的法文译本，还转译成英文。法国的石泰安也曾在四川等地搜集《格萨尔王传》。1956 年，他在巴黎出版《林土司与西藏的格萨尔王传》，并写成《格萨尔王传研究》一书，于 1969 年在巴黎出版。匈牙利东方研究所研究员乌尔莲，1981 年在国际藏学研究会上，介绍了她所藏《格萨尔王传》的木刻本及藏文本的内容、章节、语言特点，以及匈牙利对《格萨尔王传》的研究情况。

《格萨尔王传》之所以能够流传百世，至今仍活在民间，应该归功于史诗最直接的创作者、继承者和传播者，那些才华出众的民间说唱艺人们起着巨大的作用，他们是真正的人民艺术家，是最优秀、最受人民群众欢迎的人民诗人。这些民间艺人，在漫长的岁月里，用他们的才华，进行着辛勤的创作活动，用他们的心血浇灌着《格萨尔王传》这一文学奇葩，他们代代相传，人才辈出。在他们身上，体现着人民群众的聪明才智和伟大创造精神。那些具有非凡的聪明才智和艺术天赋的民间艺人对继承和发展藏族文化事业作出了不可磨灭的贡献，永远值得我们和子孙后代怀念和崇敬。试想若没有他们的非凡才智和辛勤劳动，这部伟大的史诗将淹没在历史的长河中，藏族人民乃至中华民族，将失去一份宝贵的文化珍品。

在大规模的抢救工作中，通过考察，发现了近百位活跃在农村、牧区的说唱艺人，藏语称"仲堪"。其中有十多位是在群众中享有盛誉的优秀艺人。他们在说唱前要举行各种仪式，或焚香请神，或对镜而歌，说唱时还要头戴作为道具的帽子，帽子上插有各种羽毛，手拉牛角琴或手摇小铃鼓。1984 年 8 月雪顿节期间，曾在拉萨举办过七省区格萨尔艺人演唱会，与会艺人四十多名，其中包括著名艺人扎巴、女艺人玉梅等。

西藏著名说唱艺人扎巴将自己的毕生精力献给了《格萨尔王传》事业，于1986 年 11 月去世，在他临终前的几个小时，依然在孜孜不倦地说唱《格萨尔王传》，他虽然去世了，却给后世留下了一份极其珍贵的文化遗产。他生前共说唱《格萨尔王传》25 部，近六十万诗行，六百多万字。这相当于 25 部荷马史诗，相当于 15 部印度史诗《罗摩衍那》和 3 部《摩诃婆罗多》，如果按字数计算，它相当于 5 部《红楼梦》，这是个惊人的数字，是一笔巨大的精神财富。是迄今为止，最完整、最系统的一套艺人说唱本。它凝聚着扎巴的智慧和艺术天才，是他生命的结晶，体现了老艺人对祖国对人民、对艺术的无限忠诚和热爱，是他对祖国、对民族文化事业的巨大贡献，是新时期《格萨尔》抢救工作中最

重要的成果之一。这样重要的成果，不但在我国民族史诗搜集整理的历史上未曾有过，在世界各民族史诗搜集整理的历史上也未曾有过。

从艺人的类型来讲，有"神授"说、"托梦"说、"圆光"说、"伏藏"说等多种形式。同别的民间艺人不同，《格萨尔王传》的

说唱艺人，不承认师徒相承或父子相传。他们认为说唱史诗的本领是无法传授的，也是学不了的，全凭"缘分"，靠"神灵"的启迪，是"诗神"附体。他们认为，一代又一代的说唱艺人的出现，是与格萨尔大王有关系的某个人物的转世。这种观念与藏族传统文化中"灵魂转世"和"活佛转世"的观念是相一致的。

藏族英雄史诗——《格萨尔王传》

五、史诗的传播及影响

　　早在吐蕃王朝时代，《格萨尔王传》这部古老的史诗就传播到喜马拉雅山周边的国家和地区，大约在13世纪之后，随着佛教传入蒙古族地区，大量藏文经典和文学作品被翻译成蒙文，《格萨尔王传》也逐渐流传到蒙古族地区，成为自成体系的蒙古《格萨尔王传》，称《格斯尔王传》。14世纪下半叶，即元末明初，《格萨尔王传》在更大范围内得到传播，同时也流传到土族、纳西族、裕固族等与藏区接壤的兄弟民族地区。国外介绍和研究《格萨尔王传》已经有两百多年的历史。《格萨尔王传》的部分章节，早已译成英、俄、德、法等多种文字。外国读者了解并开始研究《格萨尔王传》，是从蒙文本入手的，1716年（清康熙五十五年），在北京刻印了蒙文本《格萨尔王传》之后，外国学者有机会接触到这一史诗。1776年，俄国旅行家帕拉斯首先在《蒙古历史文献的收集》一书中介绍了《格萨尔王传》，论述史诗的演唱形式和与史诗有关的经文，并对主人公格萨尔作了评述。1836年，俄国学者雅科夫·施密德曾用活字版刊印了这个蒙文本，后又译成德文，于1939年在圣彼德堡出版。这是最早关于《格萨尔王传》的外文出版物。此后，国外学者开始关注《格萨尔王传》，并陆续有介绍研究的文字问世，如俄国席夫纳院士在圣彼德堡出版的《鞑靼的英雄史诗》论著中，将鞑靼的英雄史诗与《格萨尔王传》进行比较。19世纪末，国外开始注意藏文本《格萨尔王传》，1879年到1885年，印度人达斯先后两次到我国西藏地方，搜集了《格萨尔王传》等大批藏文资料，其后开始发表关于《格萨尔王传》的论文。藏文资料的发掘，无疑为国外的研究者拓宽了视野，并由此产生了东西方学派。东方学派（指前苏联、蒙古及东欧各国）中对《格萨尔王传》研究的佼佼者要首推蒙古国的策·达木丁苏伦，从某种意义上讲，他的研究成果可以代表整个东方学派的水平。他的主要代表作是《论〈格萨尔〉的历史源流》，西方对《格萨尔王传》的研究要晚于东方，从20世纪30年代起步，60年代进入全盛时期。西方学派的主要代表人物是两位法国学者，即亚力山大·达维·尼尔女士和石泰安教授。达维·尼尔曾两次来中国，在四川藏区住过很长时间，其间，在云登喇嘛的帮助下，直接听民间艺人说唱《格萨尔王传》，并记录整理，同时搜集手抄本和木刻本。回国后，将其搜集的资料整理成格萨尔故事名为《岭·格萨尔超人的一生》，于 1931 年在巴黎出版法文本。该书于 1933 年被译为英文在伦敦出版。该书的出版使更多的西方人士开始了解、认识《格萨尔王传》。石泰安教授是当代著名的藏学家，一生著述颇丰，对《格萨尔王传》的主要贡献是：1958 年出版的《格萨尔生平的藏族画卷》；1959 年出版的《藏族史诗格萨尔王传与说唱艺人的研究》，该书全面系统地论述了《格萨尔王传》史诗及其说唱艺人，可视作西方各国关于《格萨尔王传》研究的一个总结。

20 世纪 50 年代以来，受现代化进程的影响，藏族、蒙古族等民族的生活方式发生了变化，职业化的艺人群开始萎缩。近年来一批老艺人相继辞世，"人亡歌息"的局面已经出现。格萨尔受众群正在缩小，史诗传统面临着消亡的危险。

但近年来，国内外的《格萨尔王传》研究还是取得了长足的进展，我国学者的研究成果已在国际学术界产生了积极的影响，得到一些专家的高度评价。如德国著名史诗专家、波恩大学教授瓦·海希西出席 1989 年 11 月在四川成都召开的第一届《格萨尔王传》国际学术讨论会时，激动地说："我羡慕你们，你们的政府这样重视民间文学和民族史诗的搜集整理工作，在世界文学发展的历史上几乎没有先例。你们是很幸运的。你们的工作具有世界意义，在我们国家，在其他许多国家，民间文学的搜集工作，主要靠专家学者自己去奋斗。"

《格萨尔王传》的搜集、整理和研究工作，这一藏民族乃至全中国的文化事业正在持续广泛、深入地展开。

中国古代民间传奇

六、史诗的考证

史诗《格萨尔王传》集苯教文化和佛教文化为一体，融藏族格律诗体和自由诗体为一体，是藏族史诗的精华之作。它最初是通过民间艺人说唱形式流传下来的，后来逐步形成木刻版和手抄形式的文本，以史诗形式反映了古代藏民族的生产情况、经济生活、宗教信仰、风俗习惯、道德风尚、思想情感、政治结构、军事组织、民族关系、文化艺术、价值观念等社会历史的全貌，具有多种学科的研究

价值。这部古老的鸿篇巨著不仅在雪域藏地人民的精神生活中占有重要的地位，在藏学研究领域中成为一个最活跃的学科，同时引起了国内外藏学研究界的普遍关注和重视。国内从县、州、省、自治区和国家都设有《格萨尔王传》工作领导小组和办公室作为专门机构，从事《格萨尔王传》的抢救、搜集、挖掘、整理、保护、研究、出版和宣传工作。国际上有美国、法国、英国等十多个国家和地区设有《格萨尔王传》研究机构，并有藏、汉、蒙、英、法、德、俄等文种的版本出版，并拍有 30 集大型电视专题片《格萨尔》。联合国教科文组织已将《格萨尔王传》列入计划，作为独立的学科加以研究，在世界文学史上占有重要的地位和广泛的影响。

1. 一部完整的《格萨尔王传》至今说不清到底有多少部。每部的名称、内容在藏区各地方也有所不同，各地说唱艺人的说法也不相一致。根据普查收集的不完全统计，现已收集到各地不同说唱版本目录为一百八十多部，现正式出版藏文五十余部，汉译本十六部。其中木刻本、手抄本四十余种，一百多部。以"上方天界下凡，中间世上各种纷争，下面地狱完成业绩"这一艺术脉络分类，可把《格萨尔王传》目录分为四大类：一是《天界篇》《英雄降生》《赛马登位》等部分组成；二是《降伏妖魔》《霍岭之战》《征服门国》《盐海之战》等征魔史；三是"十八大宗""十八中宗""十八小宗"等 54 部组成；四是《地狱救妻》《安定三国》等拯救坠入地狱的妻子、母亲以及一切受苦的众生，然后返回

天界等故事。

2.《格萨尔王传》的时代背景

《格萨尔王传》所描写的时代背景有多种说法：有说是公元5—7世纪时代，有说公元10—11世纪，有说公元17世纪等。根据史诗中反映的内容和历史事件来考察，故事发生的年代为公元10—11世纪间是与当时的时代背景相符的。其理由是：公元845年，吐蕃四十二代藏王达玛乌尔赞（803—845年）被拉隆贝吉多杰刺杀后，王子维松（845—905年）和永登（845—?）为争夺王位内战12年，接着爆发平民反抗武装暴动，吐蕃末代藏王白科赞（893—923年）于公元923年被平民暴动军杀死，吐蕃王朝彻底解体。达玛乌东赞的后代先后分别在拉萨（伍日）、雅隆、阿里古格、拉达克、布让、亚泽、安多宗喀（今青海湟水和洮河流域）建立割据政权，多康各地也脱离吐蕃统治建立了许多割据政权。整个吐蕃处于群雄割据、各霸一方、相互掠夺征战的分裂局面长达三百多年。在雪域高原上出现了各自为政、互不相属的许多邦国和部落。广大藏族人民生活在战乱频繁、杀伐相继的水深火热之中。他们厌恶战乱，反对掠夺、盼望和平、期待统一，希望能过安宁幸福的生活，并日夜盼望着有一个能为百姓着想，完成统一和平大业的英雄人物的出现。这与史诗《格萨尔王传》中所描写的故事内容和历史事件是一致的，其时代背景也与史诗中反映的完全相符。

纵观史诗所有说部的内容和描写的地理位置、历史事件和人物等，考证表明，《格萨尔王传》中描写的典型地理环境在康巴地区。当然《格萨尔王传》是一部跨越世纪的民间文艺作品，全藏区的民间艺人、高僧大德等，在原有《格萨尔王传》说部的基础上不断地进行修改、补充，史诗内容和地理环境不可能完全局限在康巴一地，而是反映的古代藏族社会历史的方方面面。

《格萨尔王传》中的中心人物格萨尔王的出生时间在藏族历史文献《安多政教史》《宁玛教法史》《局米旁朗吉降措文选》等中有多种说法：有说生于

藏历第一饶回水蛇年（1053年），有说铁鼠年（1060年），有说第二饶回年土虎年（1098年），有说生于第一饶回土虎年（1038年），去世于第二饶回土猪年（1119年），享年81岁。

3.格萨尔王与历史人物及其故里

《格萨尔王传》中的主人公格萨尔王与历

史人物的关系以及这个人物的故里等问题，是国内外学者普遍关注和众说纷纭的话题。主要有以下几种说法：有说格萨尔王是虚构的人物，不是历史人物；有说他是多康邓柯岭葱王的祖先；有说是吐蕃藏王松赞干布或赤松德赞，有说是宗喀王斯朗陵翁甲布；甚至有说是成吉思汗、古罗马帝国的凯撒大帝、三国时期的关云长等。

从史诗中的人物、事件、时间和地点四个方面来考证，格萨尔王是历史人物的典型化和理想化。原型人物的故里在下多康邓柯一带扎曲河畔吉苏亚给卡多。四川民族出版社藏文版《格萨尔王传》的第一部《天岭卜筮》中讲到莲花生大师为天神之子格萨尔在人间寻找一处合适的降生之地，最后选定地点时说道："下部的多康六岗之中的上岭色瓦八亲族，中岭的文布六部落，下岭木姜四地区……是多康的中心，是吉祥太阳高照的地方。"西藏人民出版社出版的藏文版《门岭大战》里，当大白梵天神向格萨尔王授计时唱道："这地方你若不知道，这是东方的多康地。"其他许多说部中也提到格萨尔王故里在金沙江和雅砻江之间的上游岭地，即今四川甘孜藏族自治州邓柯（现已划入德格）、德格、石渠、色达一带。也有说部中说是金沙江和澜沧江之间的色莫岗境内，也有说在玛康岗境内。不论怎样说，在金沙江上游地带是一致的。

在《格萨尔王传》的有些说部中说格萨尔王的故里在黄河上游地区，即今青海果洛州境内。有些藏文史书中提到：吐蕃分裂时代末期，在多堆和多麦交接地（今青海果洛州与四川石渠、德格、邓柯一带）出现过名叫岭杰格萨甲布罗布扎堆的瑜伽师，即岭国格萨尔王罗布扎堆，他具有强大的军事力量和各种奇异神变的法术，他就是格萨尔王的原形。松巴益西班觉在《回答》一书中说"金沙江、澜沧江、雅砻江三水环绕的地带，在德格的左边是格萨尔王的属地"也证实了这点。

在《格萨尔王传》的《英雄诞生》中说，岭格萨尔王诞生于岭地的吉苏亚给卡多，他的母亲是在形如青蛙的岩石上生下格萨尔的。

现今四川省甘孜藏族自治州的邓柯，迄今依然能见到的城堡遗址有四处，这里现在被称作吉苏亚。那块形如青蛙的巨石依然存在，它不仅是格萨尔王诞生的见证，同时也成为藏民们顶礼膜拜的神物供奉。阿须乡内有很多格萨尔王的遗址、遗物和遗风，这些都与格萨尔各个说部中所描写的地名、人名、方位和事件一字不差。原邓柯县境内以格萨尔王和王妃、大将的各种活动而命名的地名有十多处，除德格外，今石渠、色达、白玉、新龙、甘孜、道孚、炉霍、康定、巴塘、理塘、得荣和青海果洛、西藏昌都等地有几十处格萨尔王和他的王妃珠牡、各位大将们的遗址、遗迹、遗物、遗风和传说故事，以他们的活动而命名的地名很多。在德格、石渠、色达、甘孜、康定等地有很多有关格萨尔王的戏剧、绘画、雕塑和民间传说。

综上所述，岭格萨尔王这个人物有真实的历史人物原型，说他是曾经统治整个康区的岭国王的先祖是可信的。松赞干布、赤松德赞在位的时期、活动的地点、出生地等情况与格萨尔王不符。宗喀斯朗陵翁甲布（角厮罗）建政活动的地域是今甘肃和青海交接之地的湟水和洮河流域，这与史诗中的地名、人名、邦国部落名以及活动范围相距甚远，虽说两者之间有些相似之处，但说格萨尔王是斯朗陵翁甲布，总觉得有些勉强。至于说原型是成吉思汗、关云长、凯撒大帝等等，那可能有着其他一些理由和原因，但从时间、地点、事件、人物等等方面看，自然就有风马牛不相及的感觉。

中
国
古
代
民
间
传
奇

蒙古族英雄史诗——《江格尔》

　　蒙古族文学历史悠久，在千百年历史长河的洗涤和锤炼中，形成了独特鲜明的民族风格，流传于蒙古族民间的英雄史诗《江格尔》，和藏族的《萨格尔王传》以及柯尔克孜族的《玛纳斯》并称为"中国三大英雄史诗"，是值得后世人引以为豪的文化遗产。

一、亘古流传的活态史诗

　　每一种文明都在寻找自己获得智慧和力量的源头，史诗正是这样一个"源头"。无论是《荷马史诗》，还是中国三大史诗《格萨尔王传》《江格尔》《玛纳斯》，都见证了一个民族不可或缺的历史回忆，也是一个民族特有的基因密码和精神图谱。"史诗"一词最初是外来语，来自于希腊文，产生于民间，它在人类文化史上具有划时代的意义。史诗属于叙事诗的范畴，但是与一般叙事诗相比，它包含的信息量更多，它所关注的都是氏族、部落、部落联盟、部族以及民族的事业与命运，具有宏伟性与神圣性。史诗在漫长的传承过程中，融进大量的神话、传说、民间故事以及歌谣等。可以说，一部宏伟的民族史诗，就是该民族在民间的一个文学宝库，是认识一个民族的百科全书。闻名于世的史诗有巴比伦的《吉尔伽美什》，印度的《摩诃婆罗多》以及古希腊的《伊里亚特》《奥德赛》等，我国著名的三大英雄史诗分别是《格萨尔王传》《玛纳斯》和《江格尔》。其中，《江格尔》作为我国蒙古族人民口头流传的一部长篇巨著，也正是他们世世代代生活的经典写照。

　　《江格尔》从产生到定型经历了漫长的流传过程，它产生于13世纪前，由许多英雄故事组成，每个英雄故事独立成为一个章节，中心人物是江格尔，其次有英雄洪古尔、阿拉谭策吉、萨纳拉、萨布尔等，大约是在明代以后用新疆托忒文写成的。《江格尔》大体可以划分为三类故事，即部落联盟故事、婚姻故事、征战故事。所谓部落联盟故事，主要是叙述英雄们在战场上拼杀，发誓"把生命与年华拴在长矛尖上，把理想与向往献给江格尔"，誓死保卫宝木巴。婚姻故事则描述了江格尔及众英雄求婚娶亲的种种经历。在《江格尔》中，章

数最多、描述最复杂、地位最重要的是征战故事，在生与死的抉择中，英雄们尽显本色，部落或部落联盟之间通过征战保卫自己的家乡属民，求得生存并进而扩大势力。目前已经搜集到的《江格尔》共60余部，长达10万诗行。但是迄今为止，《江格尔》的篇章还没有准确的数字，它

历经民间艺人江格尔奇的千锤百炼，内容不断地丰富，因此，这又是一部亘古流传、恒久不衰的英雄史诗。《江格尔》被一代又一代的蒙古艺人传唱着，他们那时而低转、时而高亢、时而悲壮、时而欢快的唱腔，饱经历史的考验，每一次富有韵律的吟唱都触动着人们的心弦，引得人们的思绪回到了那战鼓铿锵、万马奔腾的远古英雄时代。这就是《江格尔》特有的艺术魅力，追随着它亘古的余音，我们感受到一代又一代的蒙古老艺人对英雄的崇拜、对生活的热爱、对土地的热爱、对历史的追忆与缅怀……同时也世代滋润着蒙古族儿女的心灵。

（一）史诗《江格尔》的流传

《江格尔》最初主要流传在新疆西蒙的卫拉特之中，同时在前苏联境内的伏尔加河（原名伊吉勒河）的卡尔梅克人（蒙古族土尔扈特部）中也流传。土尔扈特部的老家原在肯特—杭爱山一带。成吉思汗时期，蒙古军大举西征，新疆天山南北的维吾尔、新疆西北巴尔喀什湖一带的哈喇鲁，新疆伊犁河流域及塔里木河流域一带的西辽均于此役被征服。土尔扈特部大概在西征后于13世纪末迁至阿尔泰、塔城一带居住，所以史诗《江格尔》中经常出现阿尔泰山、额尔齐斯河等地名。由此可以断定，《江格尔》的起源地在新疆。

1729年，土尔扈特部的领主和鄂尔勒克，因受准噶尔部的领主哈喇忽喇的威胁西迁，在伊吉勒河下游驻牧。也就是后来俄国境内的卡尔梅克人。他们迁徙的同时也带去了他们的文化瑰宝《江格尔》，并且继续传唱。

1771年，卡尔梅克人由于不堪忍受沙俄的民族压迫，并且不能适应当地的生活习惯，在其首领渥巴锡的率领下回到祖国。历经半年的长途跋涉，途中又遭遇了沙俄武装袭击，所剩7万余人回到祖国，在伊犁地区得到清政府的安置，从此在阿尔泰山一带生活。被他们带走的《江格尔》重返祖国的怀抱，但是一

蒙古族英雄英雄史诗——《江格尔》

部分卡尔梅克人未能迁回，仍旧留在伊勒吉河。因此，《江格尔》在伏尔加河亦得以流传。

《江格尔》曾经有72部，但是还没有一个人能全部演唱完。关于《江格尔》的长度，有这样一个美丽的传说：传说在土尔扈特人西迁到伊吉勒河之前，有一位老牧人，能背诵当地流传的所有的《江格尔》。他每学会一章，就在自己的怀里放进一块石头。最后，他一共揣进了70块颜色各异的石头。这虽然是一个传说，但是其中包含了一定程度的真实性，说明了《江格尔》作为一部史诗的恢弘壮阔。19世纪中叶，俄国著名作家果戈里和旅行家尼·斯特拉霍夫等人都到过卡尔梅克人的部落中，亲自观赏到《江格尔》的演唱情景并加以记载。斯特拉霍夫这样记载："每天晚上，猎人们都在听故事，有些故事是如此之长，需要听讲几个星期……"由此足以体现《江格尔》篇章之宏大了。作为一部恢弘博大的英雄史诗，《江格尔》又是世界上少有的活态史诗之一，它塑造了众多的英雄形象，有着丰富的思想内容。

（二）主人公江格尔和演唱者江格尔奇

史诗《江格尔》的主人公江格尔是被歌颂的圣主、可汗、部落首领。对于这个词汇，有多种解释，有的说是来自波斯语"世界的征服者"；有的说来自突厥语"战胜者"；还有的说是突厥语中"孤儿"的意思。新疆卫拉特蒙古族人民中，口语的"江格尔"，是"能者""有本领"的意思。《江格尔》流传于民间，民间的"江格尔汗"就是"善于管理国家的可汗"。江格尔的国家"宝木巴"，意为国都、乐土或者极乐世界。《江格尔》讲述的是理想的英雄统治了理想的国度，大家过着幸福无忧的生活，在每一章的开篇，都有这样类似的诗句："江格尔的宝木巴地方，是幸福的人间天堂。那里的人们永葆青春，永远像25岁的青年，不会衰老，不会死亡。"这个"幸福的人间天堂"的首领江格尔拥有500万奴隶，他们在这里过着驻牧生活，繁衍生息。

主人公江格尔本来是可汗的后裔，后由于部落遭袭，沦为孤儿，他当时才是两岁的孩童。俗话说："三岁看大，七岁看老。"许

多杰出人物的禀赋在儿时就已经初露端倪。江格尔 3 岁那年就开始征服敌人。5 岁那年，他被一位大力士俘虏，这位大力士看出江格尔将来势必会征服世界，便决定要消灭他。但是没想到大力士之子洪古尔经常保护他，并且与其结为兄弟。在江格尔 7 岁那年，他开始名扬四海，42 个可汗的土地被他征服。后来他在宝木巴建立了 42 个联盟，首领就是江格尔，自此，人们都称他为圣主、可汗。

演唱《江格尔》五章以上的歌手才能称为"江格尔奇"，而这一称谓对蒙古族的歌手而言是非常光荣的称号。演唱《江格尔》在蒙古族的民俗文化中是至关重要的，在演唱的时候，既有演唱也伴有叙述。而史诗人物的喜怒哀乐，都是靠演唱者丰富的面部表情、手势及演唱曲调表现出来的。《江格尔》绝大篇幅的韵文体适合演唱，而散文体，歌唱者则慢慢讲述。《江格尔》由艺人在乐器伴奏下演唱时，最为常见的伴唱乐器是陶布舒尔琴。这种琴是一种两弦弹拨乐器，民间艺人在说唱史诗时，习惯上要唱完一整章，而听众也要听完一整章才可以离开，中间不可以终止，因此演唱《江格尔》通常需要通宵达旦才可以完成。民间艺人演唱史诗还有一些禁忌。如一些地区的江格尔奇忌讳学唱完整的《江格尔》，认为演唱整部的史诗会缩短生命。如果在一次演唱活动中，演唱了《江格尔》的所有章节，他们会认为这会带来不幸，甚至招致江格尔奇的死亡。

《江格尔》由演唱艺人口口相传，许多艺人在史诗的演唱过程中又加入了即兴创作，这些创新在漫长的口头传承中发展、变异着，为《江格尔》注入了新的元素和活力，正是由于这些艺人在一村又一村的游唱中加入的润色和创新，《江格尔》得以成为一部活态史诗。

当那些民间老艺人江格尔奇在暗夜的火光中弹着陶布舒尔琴，吟唱那亘古的史诗，他们面上黝黑的皱纹忽而舒展着岁月的沧桑，忽而骤聚了英雄凯旋的喜悦，这些具有民族代表性和浓烈异域色彩的篇章彻夜感染着听者，恍惚间听者仿佛像一只苍鹰翱翔在宝巴木广阔的天空。那些无处追溯的神话，就在这样一种神秘的形式中悄然打开了大门，走进去，就会看到这部史诗的宏大性、神圣性，江格尔奇的每次即兴演唱都让人赞叹、兴奋、惊讶。

（三）《江格尔》的文化源头

蒙古族人民有着悠久的文化传统，从 13 世纪开始，蒙古民族与欧亚各个国家、各民族之间就有了密切的文化交往，吸纳融合了他们的文化，蒙古族人民接纳了许多民族的文化因素。特别是蒙古族卫拉特人长期生活在新疆天山南北以及阿尔泰山和额尔齐斯河一带，他们谙熟阿拉伯和中亚文化，文化素养极其深厚。

长篇英雄史诗《江格尔》是在诗、乐、舞相结合的民间说唱艺术的文化传统背景下，在古老的小型英雄史诗的基础上形成的。它由 200 多部长诗（包括异文）组成。这些诗歌在不同的流域和地区，由不同文化素养的卫拉特人口头流传、代代相承，这就决定了《江格尔》多层次的文化结构。其中分为原始文化和近代文化，有蒙古族共同的文化和卫拉特地区特色的文化，中国北方少数民族文化和中原汉民族文化，有萨满文化和佛教文化，有新疆一带各民族文化和波斯、阿拉伯文化，这些不同的文化造就了蒙古族英雄史诗《江格尔》。在外来因素中，最突出的是佛教文化和民间文化。

（四）《江格尔》的发展与变异

在《江格尔》的长期口头流传过程中，一方面，一些陈旧的长诗被人们遗忘了；另一方面，江格尔奇们不断即兴创新，创作了一些新长诗和模拟长诗。现已搜集出版的《江格尔》各类诗篇中存在着同一部长诗的多种异文和晚期产生的新长诗。新长诗和异文的出现反映了《江格尔》的发展和变异，而这部史诗的发展和变异是以人物变化和情感变化为基础的。人物变化的表现：第一，英雄人物数量的增加。如《江格尔》里出现了过去记录的卡尔梅克《江格尔》里尚未出现的一批人物。第二，在英雄人物结构中，存在由同一代人向三代人发展的趋向。19 世纪中叶和 20 世纪初收录出版的《江格尔》中主要英雄人物是江格尔、洪古尔和阿拉坦策

中国古代民间传奇

吉等同辈人物，然而在下一代人物里，江格尔之子少布西克尔和洪古尔的儿子和顺·乌兰等一批小勇士则成为主人公。而江格尔的父亲乌琼·阿拉达尔汗和洪古尔的父亲蒙根·西克锡力克成为新疆《江格尔》6—7部长诗的主要人物。其中，许多长诗

都是后期的模拟作品。第三，增加了许多反面人物。在《江格尔》口头传唱的过程中，江格尔奇们有意无意地增加了许多反面人物，并写出了宝木巴勇士们同他们进行战斗的一批新长诗。这些反面人物主要是为了衬托宝木巴英雄的勇敢智慧和丰功伟业。同时，也增加了以洪古尔为主人公的征战长诗，这些长诗达40多部。

《江格尔》中每一部长诗的基本情节结构都像一部单篇型史诗或串连复合型史诗，是由一两个或两个以上史诗母题系列组成。而每个史诗母题系列里也有10—20个，甚至有更多母题。随着人物形象数量的增加，故事情节的发展变得复杂化，情节发展和变异表现在三个方面：第一，各个长诗情节的发展和变异；第二，史诗母题系列的发展和变异；第三，母题的发展和变异。《江格尔》各个长诗情节的发展和变异，与母题系列的增减与更换有着不可分割的关系。例如提到洪古尔婚事的多种异文，其中李·普尔拜等江格尔奇演唱的几种长诗由两个婚事母题系列组成。即洪古尔先娶一个姑娘，把她杀死，接着又到远方去通过英勇斗争战胜情敌而同另一个姑娘举行婚礼的故事。但是在和静县人浩·巴赛讲唱的异文中，只讲了洪古尔的第一次婚事（娶一女，并将她杀死）；第二个婚事母题系列被征战母题系列即洪古尔战胜道木巴尔汗所取代。在其他两位江格尔奇布·瓦奇尔和安加演唱的两种异文中只有洪古尔的第二次婚事，第一次婚事被征战母题所代替，安加异文后面多增加了一个征战母题系列——战胜侵犯宝木巴汗国的三个蟒古斯（神话中的邪神，用以指代反面人物）。这些实例说明了在《江格尔》的各长诗里，存在着史诗母题系列的增减和更换现象。征战母题系列同婚事母题一样，存在着类似的变化，也会出现各种异文和长诗。演唱者虽然会即兴对《江格尔》的情节随时加工，但是主要的情节结构不会改变，他们仍旧会根据听众的习惯和爱好保证较为固定的程式不变。当然，《江格尔》的发展与变异还有许多其他复杂的方式，在这里只是列举比较主要的几种。

二、堪比《荷马史诗》的神话传说

故事性，是史诗最基本的特征，特别是像《江格尔》这样源自民间、经过数代吟唱诗人吟唱、从口头传播的诗歌。其想象的广阔就像诞生它的草原一样，无边无际；其想象的自由就像草原上的风一样，无拘无束；其想象的瑰丽，就像草原上不知名的野花，多彩艳丽。

也正是因为史诗的故事性，所以它才能被人一代一代地传诵，它所塑造的英雄人物才能成为不朽的英雄，就像《荷马史诗》中有奥德赛、阿喀琉斯、赫克托耳一样，《江格尔》中也有洪古尔、西古尔、阿拉谭策吉、萨纳拉和明彦这样形象丰富、经历离奇的英雄。

由于史诗最初诞生的年代是蒙古族所经历的奴隶时代，生产力不发达，他们对于自然事物的解释多依托于宗教（萨满教与佛教），而史诗的演唱也有自己的特殊的仪式，具有神秘的巫术色彩，并且在故事中对于世界进行了自己的解释，如将世界分为上中下三界，各类魔王、精灵纷纷从想象中飞驰出来，让我们洞悉了先民精神世界的一二。

（一）英雄与传奇的故乡——《江格尔》的故事梗概

《江格尔》中共塑造了6012个英雄，其中最重要的英雄就是江格尔，在开篇的序诗中，首先点明了故事发生的时间、地点和人物——"那古老的黄金世纪，在佛法弘扬的初期，孤儿江格尔，诞生在宝木巴圣地"。寥寥数语，就给人以宏大开篇的感觉，并且留下了一个伏笔，为什么江格尔是孤儿？他如何成为孤儿？接下来，史诗自己给出了答案，原来"江格尔是塔海兆拉可汗的后裔，唐苏克·宝木巴可汗的孙子，乌琼·阿拉达尔可汗的儿子"。说明了主人公的出身，为他成为英雄做了铺垫和准备，因为他的祖先是可汗，在所有的史诗中，英雄人物必然有其出处，因为很多民族处于史诗时代的时候，必然是有祖先的崇拜，或者要阐明英雄出众能力的合理性所在。比如西方神话中的大力神海格力斯就是宙斯的儿子。

除了出身，英雄的第二个特征就是天赋异禀，史诗往往用夸张的手法，这样才能加强故事的传奇性，就像《江格尔》序诗中接下来所阐述的那样，英雄江格尔在他还是婴儿时期的2—6岁之间，就已经立下赫赫战功，打败了周边的很多敌人，除了5岁时被大力士所俘虏之外几乎都是胜仗，而这次俘虏也是为了引出史诗中另一个英雄——战神一样的洪古尔。

每个民族的史诗都有自己民族文化的印记，希腊的史诗多崇拜个体的英雄，比如阿喀琉斯、奥德赛。但是在蒙古族的史诗中，英雄的部下同时也是他的兄弟，他们之间有着平等的关系和深厚的友谊，这其中就有蒙古族文化的影子，英雄间结拜为安达（兄弟），很多部落的结盟也是这样的形式。

江格尔是非凡的英雄，跟随他左右的是12位赫赫有名的人物，也是非凡的英雄，他们是千里眼阿拉谭策吉、雄狮洪古尔、山岳般的巨人库恩伯、铁臂骑士萨布尔、勇敢善战的萨纳拉、美男子明彦等。

1. 江格尔与洪古尔的故事

江格尔与洪古尔是史诗中最重要的两个人，一个是统帅，一个是战神一样的人物。

洪古尔的父亲就是曾经俘获江格尔的大力士西克锡力克，他本想杀死这位神童，他5岁的儿子洪古尔却扑在江格尔的身上，阻止了父亲。西克锡力克又想借助阿拉谭策吉射出的毒箭，把江格尔除掉。为此，他要江格尔去把千里眼阿拉谭策吉的八万匹铁青马偷来。江格尔骑上宝马阿兰扎尔上路了。老英雄阿拉谭策吉隔着三条河，拉弓射箭向他射击，利箭射中了江格尔后背，穿透前胸。幸好，阿兰扎尔把小主人驮了回来。洪古尔央告母亲，给江格尔敷上了神药，才救了他一命。江格尔和洪古尔情投意合，便结拜为兄弟。

有一天，江格尔独自远行，他身边的很多英雄纷纷回到自己的部落，只有洪古尔留守。这个时候，魔王西拉·胡鲁库乘虚而入，发动战争。最终打败了洪古尔，并将他处以酷刑，关押在地狱的第七层。当江格尔回到故乡，看到世事凋零、兄弟被俘，经过与层层地狱守卫和女妖、小妖的战争，终于找到了洪古尔，并通过 20 片神树的叶子让只剩下白骨的洪古尔重新复活。

故事赞颂了两位英雄，通过对于战斗场面的艰险来反衬友谊的伟大，这其中也包含了如对祖先的崇拜，在与最厉害的小妖的战争中求祖先降雨，才灭了小妖的神火。

2. 英雄阿拉谭策吉的故事

西克锡力克外出狩猎，被千里眼阿拉谭策吉捉去。

阿拉谭策吉也是一位汗王，同时是最老的英雄，富于智慧、判断力极强，是未卜先知的预言家。江格尔在 4 岁时曾经征讨这位英雄，被他的毒箭所伤。

在营救洪古尔父亲的第二次征讨中，老英雄预言了江格尔和洪古尔必将是未来征服四方的人物，于是归降了他们。老英雄对西克锡力克说，少年英雄江格尔无私无畏、心怀坦荡，他的光辉业绩将普照四方，要西克锡力克把自己的国家和人民都交给江格尔治理。西克锡力克表示同意。后来，江格尔娶了美丽的阿盖公主做妻室，把国家治理得井井有条。

不仅仅如此，阿拉谭策吉也是一位善于征讨的战将。江格尔的另一位部下萨纳拉就是通过老英雄阿拉谭策吉的征战最终成为了江格尔英雄部下的一员。

3. 英雄萨纳拉的故事

萨纳拉聪明英勇，部落强盛。老英雄阿拉谭策吉在酒宴上被萨纳拉的部下的轻视，于是单枪匹马与成千上万的敌人战斗了七七四十九天，并且拉倒了萨纳拉的金色宫殿。

于是两位英雄开始决战。这个时候，江格尔引援军到来，萨纳拉发现江格尔不是普通的战士，而是万物的主宰，于是放弃了战斗，江格尔策马追赶，用长矛挑进了他的肩甲，连人带马举到空中，于是他臣服了，成为江格尔手下的第三位英雄。其后参与了很多次惊险的战争。

4. 英雄萨布尔的故事

萨布尔的父母是英雄，萨布尔也是一位英雄，并且被称为铁臂力士。他也是在三四岁的时候失去父母。不过他的父母在去世时就给了他启示：

"亲爱的儿子，你要牢记：在这阳光灿烂

的大地，江格尔主宰万物。他有八十二个变化，他有七十二种法术。他是宝木巴的圣主，他为民造福。"

这个故事非常有趣，而且很有西方史诗宿命的情节，故事本身也曲折发展，萨布尔将"江格尔"错听为"西拉·蟒古斯"，苦苦寻找，在沙丘的香檀树边迷了路。

于是在萨布尔和洪古尔之间发生了英雄的对决。洪古尔左手持阴阳宝剑，右手紧握钢鞭，骑着配备雕鞍的铁青马，与以月牙斧为武器，与战胜了八千战士的萨布尔展开了战斗，霎时间山石翻滚、众人呐喊。

洪古尔最终战胜了萨布尔，原诗中对于战斗场面的描写非常动人，最终萨布尔归降了江格尔，与洪古尔结拜为兄弟。

5. 美男子明彦的故事

美男子明彦非常英俊，而且能歌善舞，不过他不仅仅是一个歌者或者舞者，而同样是一名战士，不过因其相貌，大家都叫他美男子明彦。他到底有多英俊呢？据说部落的老太婆见了他，都要敲着拐棍痛哭——痛哭为什么自己没有在15岁的时候遇到他。当然这是一种非常夸张的写法，只是以此证明他相貌的出众。

但更重要的是，明彦是一个善于战斗而且充满血性的英雄。史诗中描述了他出征前的豪言壮语："死亡，不过是一堆白骨，鲜血一碗。"又如："世上凡是有生命的谁个不死？纵然在战斗中死去，八根白骨，埋山谷，一腔热血沃大地，美名流传，有什么冤屈？"

明彦骑着马上路了。千里眼把路上将遇到的凶险的事向他交代了一番。明彦跑了三个月，遇见了一峰白骆驼，口吐十二道烈火，挡住了他的去路。明彦迅速跳下马，绕到骆驼背后，攀上驼峰，拔剑砍碎了它的头颅，骆驼倒地死了。明彦向西又跑了三个月，来到三棵茂密的树下，树下有500个儿童和美女，手捧着甘美的食物向明彦走来，请他进餐并为他唱赞歌。明彦记起了千里眼的交代，这是妖魔变的幻象，便拒绝吃他们的食物，赶着马儿迅速逃走了。明彦又跑了三个月，遇到两只恶鹰从头顶上向他猛扑。明彦挥剑迎击，将恶鹰砍落在地。明彦战胜了三次魔难，才进入昆莫的国界。在这里，他遇到了一个美丽的姑娘，她原来是宝木巴人，被昆莫捉到宫中当女奴。她告诉明彦，昆莫的力量来自他脖子上的护身佛，摘去他的护身佛，他就会变得像儿童一样孱弱。明彦便在姑娘的配合下，乘昆莫熟睡时，摘了他的护身佛，将他俘虏了。然后，他和姑娘一同回到宝木巴，从而完成了江格尔交给他的使命。

英雄是神授天命，他们保卫着自己的家乡，通过无数次的战斗，或者消灭敌人，或者得到更多的伙伴。无数酒宴的场景、战争的场景，生动地刻画了游牧民族的衣食住行和英勇善战，是草原文化的深刻写照，而故事的结尾宝木巴新的一代英雄也成长起来了，从此，宝木巴变得更加繁荣，国泰民安。反映出蒙古人民对于建立一个幸福家园的向往，这也是史诗反应的核心理念，通过团结和英勇的战斗才能创造和捍卫自己的幸福生活。

（二）大草原灵魂的信仰——《江格尔》中的神话、宗教

1. 英雄与超能力

史诗的产生，多半是出于对美好生活的向往，出于对英雄人物的敬畏和对他们伟大能力的赞颂。在史诗中，英雄是一个特定的名词，他们不是凡人，具备凡人所不具备的能力，用现代的话说，他们应该是"超级英雄"。

然而英雄的不凡，必然有其出处。比如宿命，比如神（天）的授予等等，而这样一来，史诗中就不可避免地要记叙一些神话和宗教的内容。可以说，在史诗产生之初就已有非常原始的宗教信仰观念和其仪式所遗留下来的信息。

马克思曾经指出："任何神话都是用想象并借助想象以征服自然力、支配自然力，把自然力加以形象化；因而，随着这些自然力之实际上被支配，神话

也就消失了。"在史诗中，很多英雄人物或者他们的坐骑（在《江格尔》中体现为游牧民族非常重视并将其神化的生活生产工具——马）的超能力就是这种征服自然力的想象。而史诗产生的年代，对应的正是生产力低下的奴隶制国家以及生活在草原的游牧民族，这样也就产生了与其时间和环境相对应的神话传说。

在古希腊的神话中有一则故事：国王坦塔罗斯

中国古代民间传奇

受到神的惩罚，浸在齐颈深的水中，身旁有果树。他低头喝水，水即退去，伸手取果，树即避开，他永远受着饥渴的煎熬。这则富于哲理的故事描绘了在自然和社会中受到折磨并感

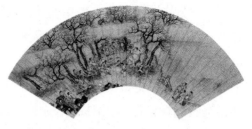

到迷惘的古希腊人的形象。所以他们的神话主角通常是与"神"相关的人物，比如大力神是半人半神，阿喀琉斯曾经在冥河中洗澡，所以刀枪不入。

而在游牧民族中，拥有最高权力的部落首领——汗王、能为部落带来战利品的战将以及具有巫术色彩的巫师就具有了半人半神的地位，拥有超凡的能力。这一点，在很多人类学家的调研中已经证实，如摩梭人的母权意识就很浓厚；西非达荷美人对于祖先的崇拜；中国历史上对于皇帝出生的异象的描写以及游牧民族本身对于"单于"和"汗"的释义中都有依照天命所生的意思。

所以在英雄史诗《江格尔》中，作为汗王后代的江格尔，他的左右贤王和部将（其他部落首领）就是史诗的主人公，也具备半人半神的超能力。

2. 萨满教对史诗《江格尔》的影响

萨满教是在原始信仰基础上逐渐丰富和发达起来的一种民间信仰。它曾经长期盛行于我国北方各民族。一般认为，萨满教始于原始渔猎时代。但是，直到各种外来宗教先后传入之前，萨满教几乎独占了我国北方各民族的古老祭坛。它在我国北方古代各民族中的影响根深蒂固。直到后来，甚至在佛教或伊斯兰教成为主流信仰的我国北方一些民族当中，仍可见到萨满教的遗留。

萨满教是一种现象的通称，没有教义或是特定的信仰体系，不同传统的萨满教有不同的祭祀方式与特征，一般对萨满教的定义也是来自其经验与技术。

在萨满教的崇拜体系中，拜火、拜山、拜祖先以及占卜等占据了主要的内容。我们也可以在英雄史诗《江格尔》中发现这种影响的存在。

首先是对山神的崇拜，其中多次提到阿尔泰山，而且似乎"江格尔可汗"的理想国——"宝木巴国"的核心区域就是阿尔泰。至少，"江格尔"的勇士们要为他们的圣主"江格尔"建造的宫殿是在阿尔泰。

"美如开屏孔雀的阿尔泰山西侧，生长着万年旃檀。在万年旃檀的中间，杂生着珍珠宝石树，紧靠着五百株万年旃檀为圣主江格尔建造的一座举世无双的十层九彩金殿。"

其次是史诗《江格尔》中对于三界的划分，分为天上、地上、地下三界。其中上界是以长生天为首的 99 尊天神，其中左翼的 44 尊是恶神，而右翼的 55 尊是正义的神；中界是人生活的世界，不过神和鬼也能到这个世界来。下界就是鬼的世界。在史诗中，洪古尔骑着马到了上天的情景。"他们渐渐看见了天井，玉石的栅栏在四周围定，一个小满金站在井旁，好像期待着什么人的惠临"；江格尔到地下的地狱中去解救洪古尔以及敌人对雄狮洪古尔的描述中有"不知从天而降，不知从大地的缝隙钻出……"这些内容都包含了划分的思想。

其三是史诗中人物具有占卜的能力。最先出现的是在序诗中，阿拉谭策吉对于宫殿建造的预言，诗中将阿拉谭策吉描写成一个具有千里眼能力的未卜先知的人物——阿拉谭策吉老人，他能洞悉未来 99 年的吉凶，牢记过去 99 年的祸福，他用洪亮的声音宣布："这宫殿要庄严雄伟，比青天低上三指；要是筑到九重天去，对江格尔并不吉利。"

这个描写中包含两层含义：一是阿拉谭策吉的能力，这里 99 是虚数，表示时间很长，可以说是前知 500 年，后晓 500 载。二是这种能力对于未来事物发展的预料作用。

占卜能力的描述还出现在阿拜·鄂吉占卜洪古尔下落的片段中——女巫占了第一卦说：高山顶上有一只雄狮，洪古尔就在雄狮的肚子里。女巫占了第二卦说：在那辽阔的海底，有一条大黑鱼，洪古尔在大黑鱼的肚子里。女巫占了第三卦说：有一棵高大的紫檀树，顶上有一只美丽的凤凰，洪古尔在凤凰的肚子里。女巫最后说：你去寻找这三只动物，就会找到洪古尔。这同样是在描写占卜的能力。

除此之外，史诗中对仪式、灵魂、法术、咒语也有大量的描写，说明了萨满教对于史诗形成的影响。现在看来，这些描写当然是虚幻的或者说是带有迷信色彩的，但是在史诗中却起到了使故事更加传奇、人物更加丰满、战争场面更加宏大的作用。同时，由于史诗形成的时代，正值佛教传入蒙古族，所以史诗中也包含了很多佛教中的词汇与观念。

3.蒙古族的习俗与节日

蒙古族生活在大草原上，环境造就了他们生性豪爽、心胸豁达的特点，而草原的生活经验积累下来，也形成了大量的风俗习惯，可以视作是游牧文化传承下来的文化遗产，也是游牧民族精神生活的一部分。

比如一些与祭祀相关的习俗：

（1）敖包：最初是道路和境界的标志，起指路、辨别方向和行政区划的作用。祭敖包的时间，多在水草丰美、牛羊肥壮的六、七、八月间。祭祀时，敖包插上树枝，树枝上挂上五颜六色的布条或纸旗，旗上写经文，祭礼仪上大致有血祭、酒祭、火祭、玉祭等。

（2）血祭：就是把自己喂养的牛、马、羊宰杀了，供奉在敖包之前。这种祭法由来已久，现在个别地方还有。相传游牧时代，蒙古族牧民把供自己生存的牛、马、羊等牲畜，看成是天地所赐，因此，祀天、地诸神时，就要宰杀牲畜来报答。

（3）酒祭：就是把鲜奶、奶油一滴一滴洒在"敖包"前，祈求平安幸福。这种祭神的风俗，也很早就有，《蒙古秘史》中称作"酒注礼"，至今有的地方还能看到。据说它的意思是说：神不仅要吃肉，也要饮酒。

（4）火祭：就是在敖包前烧一大堆干树枝或一大堆牛、马、羊粪。祭祀时，各户都走近火边，念着自己家的姓氏，供上祭品，把"布呼勒玛哈"整羊肉投到火里烧，烧得越旺越好。蒙古民族认为火最洁净，而且火可以驱逐一切邪恶。

此外，还有一些禁忌：

（1）病忌

牧民家有重病号或病危的人时，一般在蒙古包左侧挂一根绳子，并将绳子的一端埋在东侧，说明家里有重症患者，不待客。

（2）到牧民家作客，出入蒙古包时，绝不许踩蹬门槛。

（3）蒙古族忌讳生人用手摸小孩的头部。旧观念认为生人的手不清洁，如果摸孩子的头，会对孩子的健康发育不利。

（4）忌打狗。到牧民家作客时，要在蒙古包附近勒马慢行，待主人出包迎接，并看住狗后再下马，以免狗扑过来咬伤人。千万不能打狗、骂狗，也不可擅闯蒙古包。

（5）做客忌讳。客人进蒙古包时，要注意整装，切勿挽着袖子，把衣襟掖在腰带上。也不可提着马鞭子进去，要把鞭子放在蒙古包门的右边，并且要立着放。进入蒙古包后，忌坐在佛龛前面。否则主人就会冷待客人，并认为客人不懂礼俗，不尊重民族习惯。

这些仪式与禁忌，实际上是当地文化的产物和具体体现。也是人类文化中的一部分，无论在史诗的时代还是现代，我们都应该尊重不同的文化，因为这是一个民族的祖先留下的智慧。

（三）篝火旁的吟游诗人——《江格尔》故事的传承

与世界著名的的希腊史诗《伊里亚特》《奥德赛》和印度的史诗《罗摩衍那》《摩诃婆罗多》一样，《江格尔》等史诗最初都是由零散的口头传说和诗篇，经过数百年民间艺人的加工和润色，才逐渐形成了宏伟的民族史诗。

千百年来依靠口口相传，形成了诸多的形式和仪式，但是长期以来没有像西方史诗，特别是希腊史诗一样出现文字版本。而在这种传播中，我们可以想象，最初的传播应该是没有专职人员江格尔奇的。很可能是在草原上的部落间，父辈与子辈间，在劳动之余，在放牧的时候，在迁徙之后的蒙古包中，大家喝着马奶酒、烤着篝火，互相讲述着以往英雄的故事。那是一幅既动人又温暖的图画。

但是后来由于宗教因素的加入，出现了专门表演的江格尔奇，并且随之产生了一些仪式和禁忌。

1. 仪式与禁忌

根据一些材料显示，《江格尔》在新疆蒙古地区的传唱有 5 种形式，分别是：

（1）平时演唱。没有时间、地点上的选择，如在漫漫冬夜，在迁徙和劳动

中国古代民间传奇

的间隙作为消遣和娱乐；

（2）在一些节日庆典，如春节和婚宴等，一些富人会把江格尔奇请到家中表演；

（3）举行《江格尔》演唱比赛，所有能够演唱的人都允许参加；

（4）在集体劳动场所和军营演唱；

（5）《江格尔》手抄本的流传。

在《江格尔》的演唱中，也存在一些禁忌。常见的有：

（1）江格尔奇开始演唱《江格尔》的某部，就必须将此部唱完，不能在中途中断或者未完成演唱；

（2）在演唱前要关好蒙古包的门窗；

（3）演唱前要关起门窗，焚香祈祷；

（4）在大型的演唱盛会中，要有如鸣枪这样的驱鬼仪式；

（5）手抄本的《江格尔》不可随意丢弃，实在破旧的会被作为祭品挂在或插在神树的树枝上；

（6）一个人不能背熟和演唱所有的章节的《江格尔》史诗。

史诗的演唱，随着流传时间的增长，其中的一些曲调也有着固定的规律，如在新疆的卫特拉地区，一部分江格尔奇会在演唱中弹奏乐器，而且比较普遍，但是现今只有在博尔塔拉、巴桑·哈尔、普尔布加甫等少数地方的江格尔奇会弹奏陶布舒尔琴演唱《江格尔》。

形成这些仪式和禁忌的主要因素是宗教的因素，而宗教因素中，佛教教义的影响和僧侣的作用表现得更为突出。《江格尔》表现了卫拉特部人民的安宁生活和为了赢得安宁生活进行的战争，实际是卫拉特蒙古人民的灵魂所在。在卫拉特的社会成员中，由于佛教的传播和渗入，出现了一个特殊的阶层——僧侣，他们一方面作为世俗的存在是热爱自己的家乡、爱戴自己的民族英雄的；同时作为一个佛教徒他们又不能容忍其中原始的血腥味。于是他们在史诗的传播过程中也起到了两个方面的作用。

负面的作用是：史料记载了有人证实佛教的上层和寺庙的大喇嘛曾经采取了一些措施限制《江格尔》在民间的广泛流传。其原因是英雄在萨满教教义支配下的争斗和杀戮行为与佛教教义不符，而史诗中没有佛陀和菩萨救度众生的故事。因此，所谓不能背熟所有的《江格尔》史诗，就是因为佛教将史诗的字符赋予了和经文一样非凡的魔力，如果一个人背熟所有的史诗，就会带来不幸甚至死亡。

正面的因素体现在：由于僧侣阶层是蒙古社会中一支强大的力量，占据着男性人口的三分之一，而且也受到自身文化的影响，他们对史诗也有支持的一面，在一些演唱比赛的大会上，他们会被邀请参与并欣赏史诗，并且具有一些评价和发言的权利，因此在一些细节上，由于史诗的演唱是即兴的，所以会加入一些细微的情节和佛教的因素。

另外两个重要的正面影响：一些僧侣成了史诗的演唱者江格尔奇，而且由于他们在寺庙中获得了知识，也就记载下很多关于史诗的文本资料。

2. 现代的传承

英雄史诗江格尔在现在仍然在民间流传，并逐渐被重视起来。国家非常重视非物质文化遗产的保护，2006年5月20日，《江格尔》经国务院批准列入第一批国家级非物质文化遗产名录。2007年6月5日，经国家文化部确定，新疆维吾尔族自治区和布克赛尔蒙古族自治县的加·朱乃、新疆维吾尔自治区巴音郭楞蒙古族自治州的李日甫和新疆维吾尔自治区文联民间文艺家协会的夏日尼曼为该文化遗产项目代表性传承人，并被列入第一批国家级非物质文化遗产项目226名代表性传承人名单。

三、《江格尔》的社会原型

蒙古族英雄史诗《江格尔》与世界上其他国家的民族史诗有着迥异之处，就是其社会原型难以追溯确定。印度两大史诗《摩诃婆罗多》《罗摩衍那》以及古希腊史诗《伊里亚特》《奥德赛》都有两千多年的书面资料；而欧洲中世纪史诗《罗兰之歌》和《尼伯龙根之歌》又有着历史依据；突厥语族人民的史诗《玛纳斯》和《阿勒帕密斯》中提到了勇士们的敌对民族的名字，如卡勒玛克……这些因素都有助于说明它们的社会原型。而《江格尔》到了19世纪初才被学者记录，而这些记录缺乏在这之前的文字依据，因此对于《江格尔》社会生活原型的追溯众说纷纭。有的认为《江格尔》反映的是15世纪的社会现实，有的则说它"记录了古代乌孙族以及有关民族的历史"，还有个别人把它同18世纪的准噶尔汗国社会联系起来。虽然各学者的观点有所差异，但是都默认《江格尔》反映的社会生活在13世纪—18世纪之间。

由于缺乏文字资料作为原型的考证依据，只能从内容入手。《江格尔》的内容极其丰富和复杂，其中包含它形成时代的社会内容，也包含了早期神话、传说和小型英雄史诗中继承或借用的材料，也有在流传过程中新增加的内容。在原型的追溯过程中，应该把这三个不同时代的内容分开。

（一） 《江格尔》原型的追溯

在《江格尔》里保存着很多原始生活方式、古老习俗和萨满文化的痕迹。卡尔梅克学者阿·科契克夫探讨过其中一些古老母题和原始文化遗迹。日本蒙古学家莲见治雄教授指出，在《史记·匈奴传》中存在着与《江格尔》和其他蒙古史诗一样以毛色区分马群的描述。《江格尔》与匈奴文化也确实存在以下共同点：如战争起因母题（敌人提出三项要求）、弓上的图案（双兽争斗）和两位勇士的角斗方式等。我们不难推断,《江格尔》和这些古老的元素有着千丝万缕的联系。

除了古老的母题外,在这部史诗里,还有许多在史诗流传过程中新增的因素和章节。如佛教的影响、《格斯尔传》的影响以及其他文化影响下形成的情节、母题和人物。

《江格尔》的核心就是《江格尔》形成和发展成为长篇英雄史诗时代的社会斗争,即分散的小汗国之间的军事斗争。

《江格尔》里出现的那些汗国动荡的社会状况、战争的性质和目的、社会军事政治制度、社会各阶层的结构和人们的思想愿望等,与明代蒙古族封建割据时期西蒙古卫拉特地区的社会现实相符合。这部史诗生动地描绘了封建割据时期卫拉特地区社会斗争的画卷。它的描述又不单纯只是记载历史过程,而是升华为典型事件,大大增强了社会意义。

(二) 宝木巴的社会形态

江格尔故事的主要发生地在宝木巴,它是史诗里出现的众多汗国中比较大的一个。江格尔是宝木巴的汗,他招募了一批所向无敌的勇士,拥有无数健硕的骏马。宝木巴经常处于战乱状态,蟒古斯为了征服江格尔的神圣国土,派大将查干侵犯宝木巴;另外一个暴君黑纳斯汗,其势力与江格尔不相上下,号称40万蟒古斯的霸王。他手下有6000个勇士,在右翼3000名勇士中有个勇敢无畏的好汉叫布和查干。黑纳斯派布和查干去攻打宝木巴。于是一场场惊心动魄的战争在宝木巴爆发了。

宝木巴地方的创建过程类似于四卫拉特联盟的建立,都是通过征战与和平、强迫与自愿相结合的方式完成的。宝木巴的联盟是从小逐渐到大形成发展的。首先,阿拉谭策吉决定,将他和西克锡力克的领地移交给江格尔治理,西克锡力克和他的儿子洪古尔接受他的建议,就这样奠定了宝木巴联盟最初的基础。接着江格尔不断招募英雄豪杰,扩大势力。江格尔的勇士原来是各个领地的首领（或汗），他们归顺江格尔的经历各不相同。萨纳拉自己主动离开了慈爱的双亲，抛弃了亿万属民，与美丽的妻子告别，跟随了江格尔；明彦与江格尔交战时，在难分胜负的情况下预见性地看到了他的强大，放弃了过去的生活，投靠了江格尔。萨布尔与江格尔交战时，一度把江格尔的勇士们打得人仰马翻，但是最后抵不过众勇士而被俘虏，于是想起了父母的遗嘱，最终归顺了江格尔。

宝木巴这个地方不是专制王朝，而是封建领主联盟。勇士们有较大的自由，他们可以随时离开宝木巴，也可以随时回到宝木巴。他们可以不服从江格尔汗的决定，另选其他途径。他们可与江格尔一较高低，甚至可以教训他。江格尔本人也可以放弃汗位，离开宝木巴随时出走。这些都说明了宝木巴是有一定独立地位的封建领主们的联合体。

（三）《江格尔》表达的社会愿望

《江格尔》通过形形色色的掠夺者和奴役者对宝木巴地方的进攻和践踏，像一幅幅生动的图画一样，再现了蒙古封建割据的局面，反映出封建混战对社会发展和人民生活带来的严重后果，深刻揭露了封建势力混战的残酷性和他们的暴行。在这种残酷的局势下，人民一方面遭受到外来敌人的抢夺和屠杀，另外一方面加重了他们向自己领主缴纳的赋税和其他负担。

史诗《江格尔》表达了在这种局势下人民的思想和愿望：第一，对内厌恶和反对封建割据和内讧，主张和平和统一。第二，对外反对侵略和扩张，主张和平相处。第三，在和平统一的局面下，建设美好生活。

《江格尔》的不朽之处，不仅在于它揭露封建混战，指出了克服战乱的方法，而且还表达了人民群众对人类社会和平、幸福美好生活的憧憬。在序诗里刻画了另一种理想的宝木巴汗国：没有死亡，人人长生，没有骚乱，处处安定，没有孤寡，老幼康宁，不知贫穷，家家富强。

这种美好的理想具有爱国主义理想的萌芽，对宝木巴的理想化的描绘超出了民族界线和阶级界线。这里居住的 500 万各民族居民，人人和睦相处。这种社会愿望也与四卫拉特联盟时期的人民的愿望不谋而合。史诗显示了蒙古族人民的崇高品质和理想。

四、明朗丰富的艺术形象

《江格尔》是众多蒙古族英雄史诗中最优秀的一部，是蒙古族民间诗歌艺术中的代表作，它独特的语言魅力吸收了蒙古古代诗歌的精华，达到了蒙古民间诗歌艺术的高峰。它那散韵结合、叙事与抒情杂糅的艺术表现手法，使得《江格尔》这部史诗具有史的凝重、诗的韵律、弦的灵动、歌的激越，进而融汇成一首高亢豪迈、激情洋溢的史诗交响乐。它塑造的一个个鲜活的英雄形象在人们心中饱满丰盈，却又从未褪色，这就是《江格尔》的魅力，作为一部可以彪炳青史的蒙古族英雄史诗，它已经不只是蒙古族的文化瑰宝，也是世界文化宝库的一颗璀璨明珠。作为一部饱含历史的长诗，它超越了时空的界限，历经沧桑，却依旧灼热地燃烧着。

（一）《江格尔》的语言魅力

《江格尔》是在蒙古和整个古代中央亚细亚的艺术土壤和英雄史诗传统的基础上产生的一朵艺术奇葩，口耳相传的民间艺人运用现实和理想相结合的方法，形象地再现了远古蒙古的社会历史、人文风貌以及一幅幅令人神往的草原风景画。

宝木巴那广阔纯净的蓝天、巍峨而又神圣的雪山、葱葱茏茏的原始森林、富饶而肥沃的芳香草原、金光灿灿的宝木巴海……无一不让人心驰神往；那漫山遍野的牛羊、一群群毛色光泽的骏马、骑着小牧马放羊的少年、挤着牛奶的勤劳贤惠的美丽姑娘……都有声有色地呈现在你的眼前；那草原英雄们的生活和斗争、雄伟威严的江格尔汗宫殿里面正在举行隆重的宴会、坐在宝座上的江格尔可汗、雄狮一般强悍的军事首领、勇敢无惧的青年勇士，还有那浩

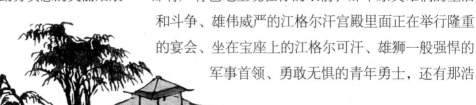

浩荡荡举着金光灿灿黄花旗的远征军人、惊心动魄的战争场面、你死我活的肉搏、可歌可泣的男子汉三项比赛、喜气洋洋的婚礼、洪古尔未婚妻倾国倾城的美貌、乐器陶布舒尔的悦耳旋律、妙龄女郎婀娜多姿的身影、凯旋归来的雄壮队伍……皆被描绘得生动鲜活；在这部诗歌的字里行间，洋溢着对家乡的热爱，对和平的向往，对幸福生活的追求，《江格尔》用一种充满独特的诗情画意的语言，表现出了蒙古族民间语言艺术的魅力。

1. 言简意赅的勾画

在对江格尔可汗家乡的自然风光和宫殿进行描写时，这样写道："江格尔的乐土，辽阔无比，快马奔驰五个月，跑不到它的边陲，圣主的五百万属民，在这里繁衍生息。巍峨的山峦拔地通天，金色的太阳给它撒满了霞光。苍茫的沙尔达嘎海，有南北两个支流，日夜奔腾喧笑，闪耀着璀璨的光芒……在芬芳的大草原南端，在平顶山之南，十二条河流汇聚的地方，在白头山的西麓，在宝木巴海滨，在香檀和白杨环抱的地方……珊瑚玛瑙铺地基，珍珠宝石砌墙壁，北墙上嵌镶雄狮的獠牙，南墙上嵌镶梅花鹿鹿角。"

可以看出，史诗生动描绘蒙古草原的独特风光时，只用了一二十行诗歌，便生动地在我们面前展现出了蒙古辽阔的草原风光，在描绘中，有声、有色、有动态的奔腾，也有静态的华贵，可汗华丽的宫殿就那样真实地巍然地矗立在了我们的眼前。

2. 散文与韵文的结合，叙事与抒情的交融

由于《江格尔》是民间艺人的演唱作品，所以它既有诗歌语言艺术特点，又有形体动作、情态声色等表演艺术特点，作为一门表演艺术，它有自己的唱词唱腔、旋律节奏、伴唱乐器和表演方式的特点。按照体裁，《江格尔》属于叙事诗的范畴，但是它又与叙事诗不同，它的特点有两个方面：

（1）韵文与散文结合，以韵文为主。韵文是讲究格律的，甚至大多数要使用同韵母的字作句字结尾，从史诗《江格尔》可以看出，为了表现出丰富的社会生活内容和与之相应的叙事、抒情、状物、写景等多种艺术表现手法的需要，它不仅仅继承了萨满教祭词神歌、祝赞词、民歌音律，同时为了格律的多样性，

蒙古族英雄英雄史诗——《江格尔》

灵活地运用对仗、押韵、排比等多种格律形式，使得整部作品具有韵律美。

（2）叙事与抒情结合，以叙事为主。它继承了蒙古族古老英雄史诗的传统，将情节的发展与形象的塑造结合在一起，成功地塑造了典型环境。如《江格尔》和其他蒙古英雄史诗中出现的古代社会斗争主要表现在相互征服的军事行动和互相争夺的婚事行动，因为这样的环境更容易突显他的力量、勇气、智慧和顽强的毅力。如大敌当前时，或者选择勇敢反抗敌人而取得胜利，或者预见到无力抗衡，从而屈从偷生；在争夺美妻时，或者是以力量和智慧战胜情敌，或者失去未婚妻后备感屈辱。这些典型环境对于人物形象的塑造非常重要。

3. 想象、比拟、夸张等手法的运用

在《江格尔》里的夸张不仅有丰富的想象力，而且人物描写极为丰满。我们一起来看一下这种夸张手法的运用："受尽一百年折磨他不呻吟，遭到六年的鞭打他不吭声。这条硬汉，单身打败过六十万个勇士，战斗中长枪折断，他倒拔香檀徒步迎战，冲进千军万马，左冲右突无人阻挡。他愤怒地挥舞香檀树干，一扫便击毙五十条好汉……"这里通过夸张的手法表现人物强大的力量和无畏的勇气，从而使一位古代英雄活灵活现地展现在我们面前。在《江格尔》里，比拟也经常用到。例如，描写洪古尔在战场上被神箭手射杀，神箭手连连射箭却都被洪古尔和他的战马躲过，于是，江格尔奇运用这样的语言赞赏洪古尔和他的战马："它不是牲畜，它是稀世珍宝，它的主人不是血肉凡人，他是天神。什么样的母马，能生下这样的神驹？什么样的母亲，能养育天神般的勇士？"

《江格尔》之所以成为蒙古族语言艺术的高峰，而不是一部原始的、粗劣的、一般性的民间文学作品，就在于它在长期的历史进程中加入了无数优秀的、

艺术修养很高的民间艺人的润色，一代代地修订和加工，综合运用了各种修辞手法以及蒙古族人民自由独特的丰富的想象。它完全无愧于蒙古民间诗歌的优秀传统，已经成为蒙古族文学史上不朽的诗篇。

（二）　《江格尔》丰富的艺术形象

《江格尔》是一部描绘军事斗争的长篇英雄史

中国古代民间传奇

诗，其中反复出现的主要英雄人物有十余个。这些英雄人物思想性格丰富、形象细腻，他们都忠于自己的宝木巴汗国及其汗江格尔，深爱着家乡和人民，有着高度的英雄主义情怀和爱国主义精神，可以把主要的英雄人物分成几类：

1. 人民理想的化身、宝木巴的灵魂——江格尔。江格尔是宝木巴英雄群体的中心人物，他自幼天赋超于常人。《江格尔》在塑造主人公江格尔的时候，通过对他的宫殿、座位、体态、夫人、盟友、兵器以及手下的勇士多方面的描写，从侧面烘托、渲染他光辉高大的形象。在那檀树簇拥、白杨环抱的圣地宝木巴的海滨，42 个可汗请来了 6000 多名能工巧匠，良辰吉日，破土动工，在大草原的最南端建造了一座举世闻名、高大巍峨的宫殿。宫殿所在之处也是 12 条河流汇聚的地方，富丽堂皇的宫殿四周永远被温暖的阳光笼罩着，也只有这样的宫殿才能配得上蓄着燕翅般胡须身披黑缎外衣、坐在盛大的宝座上威严的江格尔。而江格尔的奴隶也是各尽其能，有的负责酿造美酒，有的负责裁剪，有的掌管农牧……江格尔每次宴请可汗都在富丽堂皇的宫殿里进行，500 辆车运美酒，每辆车要 500 匹快马，走 500 个来回……这些夸张手法的运用，体现出了江格尔的威猛神勇。江格尔胸怀宽广，唯才是举，纳贤不避亲疏，即使是敌对部落曾经伤害过自己的首领，只要他加入宝木巴联盟，并才能兼备，江格尔就会对其委以重任。许多英雄都臣服于江格尔的气度和才干下，江格尔已经成为宝木巴联盟的灵魂人物。虽然诗篇中也刻画了江格尔的缺点，如他开始对敌人的妥协；他不顾宝木巴的安危，远走他乡，宝木巴因此而遭受袭击等。然而，这些刻画不仅没有让江格尔这个神话英雄失去色彩，反而表现出了历史的真实性和其性格的饱满。

2. 勇者的化身——洪古尔、萨布尔、萨纳拉等。这一类英雄形象的典型特征是具有巨大的力量和非凡的勇气，忠诚、不畏艰险，具有"醉卧沙场君莫笑，古来征战几人回"般视死如归的英雄气概。《江格尔》借助于丰富的想象和大胆的夸张，塑造出了许多具有神性的英雄。在他们身上，有超出平凡人的品质，洪古尔"勇敢过人"，萨布尔"力大无比"，萨纳拉"英勇善战"。同时也有神性的一面，如他们的外形是可以变化的。在一般情况下，洪古尔等人是英俊、高大、威猛的男子汉，但是他们在异地时则经常变成贫苦的老年人，让自己普天下最快的骏马变成满身长癞的两岁小马。这是由于《江格尔》是从古老的史诗中借鉴而来的，也是蒙古和东突厥各类史诗中的正面人物及其战马描写的固定模式，和古代人民的想象力有着不可分割的关系。这些勇者都深爱着宝木巴忠于江格尔，在屡次战斗中表现出了他们的气宇非凡以及卓越的英雄气概，他们为了宝木巴的和平昌盛"披肝沥胆"，奉献出了自己的全部智慧和勇敢，用实际行动实现了共同的誓言："我们把生命交给刀枪，把希望寄托给江格尔可汗。我们对圣主忠心一片，为着宝木巴永远披肝沥胆……"虽然这些英雄都有着相近的特征，但是他们的个性存在着明显的区别，洪古尔大公无私，但是他很高傲。萨布尔是一个鲁莽的人，萨纳拉则忠诚老实，这些不同的人物性格特征也交织构成着《江格尔》这部英雄史诗的丰富性，体现了蒙古族特有的性格特征和审美情趣。

3. 智者的化身——阿拉谭策吉、胡恩柏。他们在宝木巴是军师、谋士，不只有着超人的智慧，还拥有一些神秘的本领，如占卜、法术等。他们可以牢记99年以前的历史，预测未来99年即将要发生的事。从他们身上这些本领可以隐约看到原始萨满教巫师的痕迹，作品里面这些神奇变幻的描绘，是在神话、萨满教观念影响下出现的，有着很强的艺术魅力，引人入胜。阿拉谭策吉是一位可汗王，拥有八万匹油亮的铁青马，在众多英雄中他年龄最老，也最富有智慧。他是一名出色的预言家，也是宝木巴的智多星。江格尔和洪古尔两次出征想要征服阿拉谭策吉，第一次，阿拉谭策吉认为他们无法征服自己。7岁的江格尔和洪古尔再次出征，目的是营救洪古尔的父亲西克锡力克，深谋远虑的阿

拉谭策吉预知到这两位英雄如果联手，必定所向披靡，于是主动向他们降服。先知的阿拉谭策吉又向西克锡力克发出了预言——要不了多久，江格尔就会征服这些东方的可汗。阿拉谭策吉足智多谋，宝木巴联盟的许多重大议事都是由他来决定，是一个成熟智者的英雄形象。而胡恩柏同他相比，可以说是

个从大力士向智者转型的形象。

4. 智慧与力量结合的化身——美男子明彦、翻译家凯·吉拉干。这类智勇双全的英雄人物是江格尔英雄中的主要成员，也是这部史诗形象塑造的重要组成部分。明彦是世间第一美男子，能歌善舞。史诗里讲，无论相貌多美的女人也不能够让明彦动心，连得到他帮助的美女他也不愿意娶为妻子，反而让

给其他勇士。在他身上我们可以看到蒙古族人民纯洁的美德。善于辞令的他和翻译家凯·吉拉干不仅能够在盛大的聚会和外交时有所作用，而且能够跟随江格尔出征沙场，英勇善战。明彦在蒙古英雄史诗史上，是最早的多才多艺的勇士形象。除了以上多种类型的男性英雄形象，《江格尔》还塑造了一批贤惠、美丽、富有蒙古族战斗传统的巾帼英雄。

5. 纯洁美丽的妇女形象——江格尔的夫人阿盖·莎茹塔拉、格莲吉勒以及洪古尔的母亲山丹·格日勒等。《江格尔》在刻画妇女形象时突出表现了她们让人瞠目结舌的美貌、出众的智慧以及贤惠的品德。她们具有非凡的本领，如格莲吉勒幻化为雁、鲟鱼，帮助洪古尔行进。她们总是在关键时刻发挥自己的才能，鼓励和协助丈夫，在同掠夺者的战斗中起到至关重要的作用。她们在史诗里起到的作用，可以追溯到蒙古小型史诗的妇女形象。小型英雄史诗所塑造的正面女性形象都有共同的特征，她们美丽、善良、勇敢、机智，具有神性。早期社会的萨满是女性，蒙古语叫"伊都干"。《江格尔》继承和发扬了蒙古小型英雄史诗对正面女性形象的塑造，按照蒙古族人民的审美观念，塑造了真、善、美的女性形象。

6. 人、兽、神的集合体——骏马。在游牧民族的英雄史诗中，马背上的英雄事迹总是格外动人，勇士缺少骏马，就等于缺少了并肩作战的好伙伴，因此，蒙古族的江格尔奇们一向把骏马当做一种特殊的艺术形象去描绘，赋予它们一种其他人不具备的性格特征。在蒙古和突厥各民族史诗中，坐骑的毛色往往都放在勇士的名字的前面，在《江格尔》中亦是如此，诸如骑着银灰马的希林嘎拉珠巴托尔、骑着红沙马的萨纳拉等。可见，骏马与勇士的亲密联系有多么密切。在《江格尔》里，骏马有马的属性和功能，同时，它又是一匹被人格化了

的骏马，同人类一样，它也有语言和意识，而且它又具有平凡人不具备的本领，江格尔奇们把马视为神仙。他们用敌人神箭手的话赞扬阿兰扎尔骏马和洪古尔："……顿时，那马跃蹄腾空，我那神箭啊，我那神箭，却射入它蹄下的泥土中。它不是牲畜，它是稀世珍宝，它的主人不是血肉凡人，他是天神。"骏马在这里除了具备一匹马的属性外，也被赋予了神性和人性。勇士们在远征中遇到问题的时候，会向坐骑发问，坐骑出谋划策，充当军师和参谋。史诗中有这样一段描写，扎木巴拉可汗的女儿在已有未婚夫的情况下，由于惧怕江格尔的威胁，答应把女儿嫁给洪古尔。洪古尔单枪匹马前往扎木巴拉可汗家中，在得知扎木巴拉可汗的女儿即将和大力士图赫布斯举行婚礼之后，便开始犹豫不决。最终，洪古尔听从了铁青马的建议，坚定了意志，结束了情敌图赫布斯的性命。这种把骏马人格化、神化的写法是《江格尔》和其他蒙古英雄史诗的共同特征。

7. 丑恶的暴君——芒乃突厥可汗、古尔古、黑那斯、蟒古斯等。《江格尔》不仅描绘了以江格尔为首的一系列正面形象，而且描绘了一系列诸如芒乃突厥可汗、蟒古斯等反面形象。作为反面形象的可汗时时窥视繁荣的宝木巴，虽然拥有各种幻术和貌似强大的敌对力量，但面对江格尔时仍败下阵来。这一类可汗有的甚至可以找到真实的历史原型，如突厥可汗、土门可汗等。《江格尔》中的蟒古斯是长有十个头颅的多头恶魔，它是敌对势力的帮凶，相比芒乃突厥可汗等反面形象，具有一定的虚构性。

以上是《江格尔》里主要的几类人物类型，这些艺术形象的成功塑造，继承和发展了蒙古英雄史诗的人物塑造传统。

（三）《江格尔》的艺术结构

蒙古族英雄史诗分为三大类型：

1. 单一情节结构的英雄史诗，它只由一种母题系列所组成。

2. 串连复合型情节结构的英雄史诗，它由前后串连在一起的两个或两个以上母题系列所形成。

3. 并列复合型情节结构的英雄史诗。

《江格尔》则属于第三种类型。这种结构的基本特征，是每一章围绕一个中心人物说唱一个可以独立成篇的故事，而各章之间是由江格尔、洪古尔等主要英雄人物的活动连贯穿起来，组成一个并列型的庞大的史诗故事统一体。

以江格尔汗为首的宝木巴地方的勇士们，在这一章里同侵犯他们故乡的哈尔·黑纳斯的大军打仗；在那一章里却同威胁他们的掠夺者芒乃汗搏斗；而在另一章中他们打败凶恶的敌人沙尔·古尔古，取得胜利。除少数几章外，《江格尔》的各部长诗在情节上互不连贯，各自像一部独立的长诗，并作为一个个组成部分，平行地共存于整个英雄史诗当中。这部史诗在总体结构上是分散的、情节上独立的数十部长诗的并列复合体，为此，国内学界已经习惯于把它称作"并列复合型英雄史诗"。然而，绝不能因为缺乏一个贯穿始终的中心情节，就把这个庞大的史诗看作是杂乱无章、相互没有关联的不完整的作品。因为，它的各个章节都有一批共同的英雄人物形象，以此作为有机联系，并构成它的结构体系。《江格尔》是一部以英雄人物为中心而形成的作品，以江格尔汗为首的洪古尔、阿拉坦策吉、古恩拜、萨布尔、萨纳拉、明彦等人物及其英雄事迹始终贯穿于各部长诗，这就使数十部长诗统一成为一个长篇巨型史诗。

除了总体结构外，《江格尔》的各个长诗也有自己的情节结构。它们都由序诗和基本情节两部分组成。基本情节部分是由蒙古史诗中最古老的征战型母题系列和婚姻型母题系列及其不同的排列组合构成。

我们可以从分章结构和总体结构两个方面分析《江格尔》的艺术结构。

1.分章结构

《江格尔》的分章结构又可以从布局结构、母题结构、情节结构进行分析。《江格尔》相对独立的每一章也有完整的布局结构，即序诗、正篇、尾声三部分。

联系情节母题分析，《江格尔》的分章结构有一部分属于单篇史诗结构，即以一个婚姻母题或者征战母题为核心构成。

蒙古族英雄英雄史诗——《江格尔》

113

从情节结构分析，《江格尔》每一章的故事情节可以分为"议事出征""路遇艰险并战而胜之""凯旋归来"三部分。总的来看，第一部分和第三部分的"议事出征"和"凯旋归来"具有程式化特征，而中间部分的"路遇艰险并战而胜之"各章截然不同，它们千变万化，引人入胜，每一章的思想内容与艺术形式主要由这部分所决定。

2. 总体结构

《江格尔》的每一章虽然可以独立成篇，但是不代表它不是一部完整统一的作品。它有自己独特的总体结构。

《江格尔》以英雄人物为中心形成的作品，它的主要贯穿线是江格尔、洪古尔、阿拉谭策吉、胡恩柏、萨布尔、明彦等人的活动，是他们为之奋斗的宝木巴。

《江格尔》总体结构的另一条贯穿线，是《江格尔》人物事件自身客观存在的先后顺序和逻辑关系。虽然少数几章在情节上互不连贯，但是按照事物发展的一般逻辑和《江格尔》产生形成的自然过程，仍然可以将相当一部分篇章排出一个大概的顺序来。如结盟故事和江格尔父辈的故事应该在前，江格尔、洪古尔后代的故事在后，江格尔和众多英雄征战、娶亲的故事在中间。这种排列在一定程度上反映了《江格尔》的总体结构。

另外，在《江格尔》各章反复出现的程式化描写，也起着把各章内容串联起来的作用。使得各章在形式、风格上统一，使得整部史诗成为一个统一的艺术整体。这些程式化的描写主要有：

（1）每一章内容形式相似的序诗。

（2）每一章基本以酒宴开始，以酒宴结束。

（3）在酒宴中议事相同相似的几种类型，如由江格尔说明需要出征的地方、理由以及出征英雄的名字等等。

（4）被指派出征的英雄经过江格尔和众多勇士的鼓励，决心战斗。

（5）出征英雄号令备马，披挂上阵。

（6）众英雄敬酒送行、吟诵祝赞、预祝

中国古代民间传奇

胜利。

（7）敌人来使挑衅或者英雄出征敌国，往往都是先混入对方酒宴上痛饮几日，而后说出来意，做出一些诸如砍倒国旗、赶走马群等挑衅行为，想方设法激怒对方，诱使对方交战。

（8）在战争开始后的厮杀中，英雄的坐骑协助英雄作战，最后历经挫折，凯旋而归。

这些雷同且程式化的描写在每一章里反复出现，不但把各章从内容上串联起来了，而且也使各章在风格、形式上和谐一致，使整部史诗成为一个整体。

《江格尔》是在无数民间说唱艺人的集体创作下逐渐形成的，从产生到形成经历了漫长的历史长河的涤荡。每一章的人物不是很多，故事情节也并不复杂，易于创作和记忆。从整体来看，《江格尔》内容丰富、事件纷繁、规模恢弘。从传唱的过程看，增加几章不会繁复多余，减少几章也不会残缺不全，这样的特点决定了史诗《江格尔》便于演唱传承，也便于丰富发展。

（四）　《江格尔》在文学史上的地位以及对后世文学的影响

《江格尔》以其丰富的社会、历史、文化内容，艺术上所达到的高度成就，在蒙古族的文学史、社会思想史、发展史、文化史上都占有重要地位。如果说蒙古族远古文学中最重要的民间文学体裁是英雄史诗，那么《江格尔》就是这一体裁中篇幅最长、容量最大、艺术表现力最强的代表作，它代表了蒙古族英雄史诗的最高成就，从而也代表了蒙古族远古文学的最高峰。

在蒙古族英雄史诗的历史类型里，《江格尔》是在单篇史诗、串联复合史诗之后出现的大型并列复合史诗。这样的长篇英雄史诗在蒙古族土生土长的文学中虽然只有一部，但是从后来蒙古族的《格斯尔可汗传》形成来看，并列复合史诗的结构已经成为蒙古族长篇英雄史诗结构的一种规范。

《江格尔》在继承远古中短篇英雄史诗婚姻和征战两类题材和主题的同时，又新增加了部落联盟的题材和主题，从而把远古中史诗所反映的部落与部落、氏族与氏族之间的婚姻、征战斗争扩大到部落联盟，把塑造氏族、部落首领单个或者几个英雄形象扩大到塑造以江格尔、洪古尔为代表的部落联盟英雄群体，深刻地反映出了蒙古氏族制度瓦解、奴隶制度确立的过程。这样有着深广内容、众多人物的鸿篇巨制，不但在远古时代的蒙古族文学中首屈一指，就算在整个蒙古族文学史中也是凤毛麟角。

《江格尔》那多变的音韵格律在蒙古族诗歌发展史上具有承前启后的重要作用。在《江格尔》的音韵格律中，不难发现萨满教祭祀神歌等蒙古族诗歌音韵格律最初的萌芽形态，同时也可以看到蒙古族诗歌音韵格律发展成熟的轨迹。它不仅是研究蒙古族诗歌音韵格律的重要史料，也是学习蒙古族诗歌音韵格律的基本典范。

《江格尔》还为人们认识远古蒙古人朴素、神话、浪漫的审美观念提供了丰富依据，如文中对通晓人意、外在形体美与内在精神美融为一体的"蒙古马"的审美观念；对以力、勇、智为基本性格特征的部落英雄人体美与个性美的审美观念；对兽形类比的审美观念；对理想化的自然美与社会美的审美观念等。这一系列以游牧文化为基础的审美观念对蒙古族传统的民族审美意识的形成发展具有承前启后的重要意义。

（五）永远瑰丽的史诗

草原就像大海，一望无际。绿绿的青草，有时候能有一人多高，但在整个草原中，是微不足道的，就好像平静的海水。那些牛羊和蒙古包，那些挥动马鞭的牧人，更像是无垠海面上的小舟，显得星星点点。目光望向远方，我们才能看到这海的潮头，那就是延绵起伏的阿尔泰山山脉。山脉间，就是整个草原最肥美的地方，牛羊休闲，牧人盛赞和歌唱。

这样美丽的地方，这种崇拜雄鹰的民族。他们的史诗就像他们的胸怀一样的宽广，他们的史诗就像拂过草间的风一样绵长，他们的史诗就像草原上百灵鸟的叫声一样婉转。

在草原孕育的史诗《江格尔》中，我们看到了多彩的英雄，他们无畏于天地，有着雄浑

中国古代民间传奇

的气魄和高贵的灵魂，他们为了自己的领土和荣誉去战争，捍卫自己美丽的故乡。我们敬畏英雄的勇敢，我们感慨于英雄的能力，但是最终打动我们的是历代诗人所勾勒出的英雄时代，金戈铁马、置生死于度外的时代，是一个英雄挥洒鲜血和勇气、民众尽情赞美、诸神共同祝福的时代。

史诗诗化的语言仿佛把我们拉回到了英雄的身边，当人们感慨希腊史诗的雄壮的时候，我们应该告诉自己，在亚洲草原上，有着同样伟大和隽永的英雄史诗，那里面有神一般的江格尔，有雄狮和鹰隼一样的战士，有妖艳的女妖和凶恶的敌人。更重要的是，史诗凝聚了数代江格尔奇们的心血，凝聚着草原人民的智慧。

蒙古族英雄英雄史诗——《江格尔》

中国古代四大民间传说

　　四大民间传说即《孟姜女哭长城》《牛郎织女》《梁山伯与祝英台》《白蛇传》。这四个传说皆为爱情故事,在漫长的历史长河中,它们突破了时空的限制,成为了家喻户晓、妇孺皆知、感人至深的民间故事,从一个侧面也反映了人们对真挚爱情的向往、追求和赞美。

一、孟姜女哭长城

秦始皇统一六国后，为了防止北方游牧民族的不断侵扰，强征大量民夫北上，将原来北方几个小国修筑的城墙连接起来，在崇山峻岭之间筑成了一道连绵万里的长城。而为修筑长城死亡的民夫则不计其数，长城道旁到处都是修城民夫们的累累白骨。在中国民间广为流传的孟姜女哭长城的故事就发生在秦始皇修长城的那个年代。

（一）姜女出世

相传在松江，有一个村子叫孟家湾。村子里有两户人家是邻居，一户姓孟，一户姓姜，都是一对老夫妻，又都没有儿女。孟家的屋檐下有个燕子窝，每年春天，总会有一对燕子飞过来，到孟家做客。到了秋天，燕子飞到南方去过冬。第二年春天，那两只燕子又会飞到孟家来做窝。有一年，这两只燕子生了四只小燕子。其中一只小燕子在学飞的时候摔伤了一条腿。孟老太太心疼得不得了，就精心地照料这只小燕子直到它康复。后来，天气冷了，这群燕子就又飞走了。

第二年春天，那只受过伤的小燕子飞了回来，嘴里还衔着一颗葫芦籽，一飞到孟家，就把葫芦籽放在了他家的窗台上。孟老太太一看，是去年她救过的那只小燕子，就满心欢喜地叫孟老汉把葫芦籽种在了窗前的空地里。葫芦藤越长越大，越长越高，顺着墙爬到隔壁姜家结成了葫芦。这天，孟老汉去姜家摘葫芦，姜老汉因葫芦生在他家的院子里，就和孟老汉发生了争执。最后两家商定，葫芦对分。剖开葫芦后，只见里面端坐着一个又白又胖、非常可爱的女娃

娃，这女娃娃大大的眼睛，一张小脸粉嫩嫩的，可爱极了。孟老汉喜出望外，奔走相告，村里人听说了，纷纷前来观看这新鲜事儿。孟老汉坚定地说："这葫芦是我亲自种下的，这女娃理应归我。"姜老汉却固执地说："这葫芦结在

我家的院子里，这胖娃娃应该是我的才对。"孟老
汉把女孩抱去，姜老汉抢不到手，就奔到县署申
冤。经询问，县主断定此女为两家共有，由两家共
同抚养，并取名为孟姜女。自从孟家和姜家有了这
个女娃娃，两家人就把当中的院墙一拆，成为一家
人了。

　　光阴似箭，日月如梭，转眼数十载，孟姜女长
大成人。孟老汉请了个绣花娘来，专教孟姜女做女红。这绣花娘是一个节义妇
人，不仅会作绣，还会读书识字。孟姜女自从跟了这个绣花娘，不但学会了挑
花刺绣，还学会了读书识字。方圆十里的乡亲们无人不知、无人不晓她是个聪
明伶俐、知书达理、才貌双全的好姑娘。

（二）邂逅杞良

　　一天，孟姜女在自家花园纳凉，忽然见一双飞舞的蝴蝶，便上前去捉。谁
知用力过猛，跌入了荷花池中。孟姜女不习水性，大呼救命。一个书生恰巧经
过，听见呼喊声，就跳进水里将孟姜女救了起来。孟姜女醒来后，见自己被一
陌生男子抱在怀里，羞愧得不得了。书生连忙说道："在下名叫范杞良，恰巧
经过，见小姐掉入荷花池中，一时心急，才冒犯了小姐，请小姐恕罪。"孟姜女
朝这个书生上上下下打量了一番。只见他虽然衣衫褴褛，风尘仆仆，却仍然掩
盖不了他那种文质彬彬的书生风度。孟姜女见这书生长得一表人才，心里很是
喜欢，便对范杞良说："谢公子救命之恩，请到我家更衣待茶。"孟姜女将范杞
良带进屋中，向家人说明了事情的经过。孟老汉见女儿对这个书生很是中意，
便说："你和小女难中相遇，是小女的救命恩人，老夫做主，把小女许配给
你。"范杞良见孟姜女端庄秀丽、知书达理，就答应了这门婚事。万事俱备，只
欠东风，经过一番准备，两家老人就为他们选了个黄道吉日，在家中热热闹闹
地办起了喜事。谁知天有不测风云，新郎、新娘正要拜堂，突然从门外闯入几
个衙役，一拥而上把新郎范杞良抓走了。

　　原来，秦始皇在全国各地抽调大批民夫修筑长城，民夫们被饿死、累死的

不计其数。一个神仙知道了以后，害怕秦始皇伤害太多无辜百姓，知道范杞良是仙人转世，该受此劫难，就去见了秦始皇，说范杞良可以抵一万个夫役的死。秦始皇听闻，便下旨捉拿范杞良。衙役们抓住范杞良后，就把他发配去充当修长城的民夫了。

（三）万里寻夫

转眼一年过去了，范杞良杳无音讯。"娘子，我修好了长城就回来。"丈夫临走时候的话语还萦绕在耳旁。孟姜女看着窗外，天气越来越凉了，不知道丈夫在塞北能不能吃饱穿暖。日夜思念丈夫的孟姜女茶不思、饭不想，一天比一天消瘦。孟老汉见女儿如此，问道："女儿为何这么悲伤？"孟姜女用丝帕擦拭着泪痕说："我要去长城，为范郎送寒衣。""这怎么行，路途遥远，你一个弱女子，如何走得了啊？"孟姜女坚定地说："爹爹，范郎音讯全无，生死不明，我就是爬，也要爬到长城去！"孟老汉见女儿如此坚决，就忍痛答应了。第二天，孟姜女就带着干粮和给丈夫特制的御寒衣服上路了。

一路上，风吹雨淋、日晒风寒、步履艰难，孟姜女终于走到了浒墅关。关官问："为何要过关啊？"孟姜女说："我丈夫去修筑长城，塞北天寒，我为他送寒衣。请老爷放我过关去，民女永生不忘你的大恩大德！"这把守浒墅关的关官是个专门搜刮百姓的贪官，见孟姜女没有钱财，就拦住城门，死活不让孟姜

女过关。旁边有几个守关的老兵见孟姜女可怜，就说："老爷，就让她唱个小曲吧，唱得好，就放她过关。"关官说："好吧，只要唱得好，老爷我就放你过去。"孟姜女无奈，伤心抽泣着把自己的苦处唱了出来：

正月里来是新春，家家户户挂红灯。
老爷高堂饮美酒，孟姜女堂前放悲声。
二月里来暖洋洋，双双燕子绕画梁。
燕子飞来又飞去，孟姜女过关泪汪汪。
三月里来是清明，桃红柳绿处处春。
家家坟头飘白纸，处处埋的筑城人。

中国古代民间传奇

四月里来养蚕忙，桑园里想起范杞良。

桑篮挂在桑枝上，勒把眼泪勒把桑。

五月里来是黄梅，梅雨漫天泪满腮。

又怕雨湿郎身体，又怕泪洒郎心怀。

六月里来热难当，蚊虫嘴尖似杆枪。

愿叮奴身千口血，莫咬我夫范杞良。

七月里来七月七，牛郎织女会佳期。

银河不见我郎面，泪流河水溅三尺。

八月里来秋风凉，孟姜女窗前缝衣裳。

针儿扎在手指上，线儿绣的范杞良。

九月里来九重阳，高高山上遇虎狼。

命儿悬在虎口里，心儿想着范杞良。

十月里来北风高，霜似剑来风似刀。

风刀霜剑留留情，范郎无衣冷难熬。

十一月里大雪飞，我郎一去未回归。

万里寻夫把寒衣送，不见范郎誓不回。

十二月里雪茫茫，孟姜女城下哭断肠。

望求老爷抬贵手，放我过关见范郎。

孟姜女声泪俱下，连那个黑心的关官也被孟姜女感动得流泪了，连忙放她出关了。

孟姜女出关后，天已经黑了。她找不到睡觉的地方，就随便找了个亭子休息。谁知在亭子里遇见了一个领着小孩的老妇人，老妇人看她饥寒交迫，就给她一封枣子。孟姜女半夜醒时，只见面前哪是妇人和小孩，分明是大小两只老虎，便吓得晕了过去。第二天醒来时，只见地上留着一个简帖，上面写着"浒墅关土地奉了菩萨法旨令本关山神母子前来搭救，所食枣名火枣，是仙家的妙品，食过十二枚便可一年不饥不渴。"原来是孟姜女的决心感动了菩萨。从此以后，孟姜女不吃东西，也不感觉饥饿。

有一天，她走过一条山路，突然被两个大汉掳走。原来这是一群强盗，抓孟姜女来是要给山大王做压寨夫人。山大王见孟姜女不施粉黛而颜色如朝霞映雪，心里很是欢喜。连忙要大摆酒宴，与孟姜女成亲。孟姜女临危不乱，铿锵有力地说道："请问大王，你家中可有妻子姐妹？倘若有人欺辱你的妻子姐妹，你当如何？大王，请求你放了我，我还要去往长城。""你到长城做什么？""找我丈夫。""找你丈夫做什么？""为他送寒衣。"山大王听闻，说道："小女子，长城役夫千千万，你不好找啊。长城工程浩大，役夫死伤无数，倘若你的丈夫……"孟姜女含着泪光说："倘若我的丈夫已经亡故，我也要用寒衣裹着他的尸骨，暖一暖他屈死的亡魂、痛断的肝肠！"山大王听完也痛哭起来："小女子，我们都是从长城逃出来的，那里还有我们的骨肉兄弟，那里留下了我们的血和泪啊！"这时，山洞里的其他大汉也悲痛地说："大哥，让他给我兄长送件寒衣吧！""让她给我爹爹带点铜钱。""给我那去世的儿子上上坟。""大哥，放了她吧！"山大王一声大吼："摆队相送！"说罢，便送走了孟姜女。

（四）哭倒长城

不知走过了多少山川河流，不知经历多少艰难困苦，孟姜女终于找到了修长城的地方。一看，这里有成千上万个民夫正在做着苦工呢。孟姜女问其中一个干活的民夫说："大哥，你可知道有个从松江来的范杞良？"民夫摇了摇头。一连问了好多人，可都没有人知道。孟姜女没有办法，只好一直沿着长城走，一路上逢人就问，一遍一遍地说着同样的话，眼泪也不知道流了多少。终于有一天，她遇见了当初和范杞良一起从松江过来的几个民夫。那几个民夫一见孟姜女，全都忍不住地流下了眼泪。孟姜女抓住其中一个民夫的胳膊说："大哥，我的丈夫范杞良呢？""范杞良已经死了，被活埋在长城底下了。"民夫们泣不成声地说道。原来，在修筑长城的过程中，有城墙不断倒塌，秦始皇认为是修长城的过程中伤断了龙脉，为了接通龙脉，永保长城巩固，就把范杞良给活埋在长城的城墙里了。

孟姜女听到这个噩耗悲痛地大喊一声："范一郎—啊！"便倒在了城墙脚下，再也见不到她日夜思念的丈夫范杞良了。回想起这几个月来，她为了给丈夫送寒衣，不知吃了多少苦，流了多少泪，如今却连丈夫的最后一面都没能见上。想到这里，孟姜女再也控制不住了，嚎啕大哭起来。民夫们有的听了她的哭声，垂下头，非常痛苦；有的听了她的哭声，昂起头，非常愤怒。这一哭，哭得肝肠寸断，哭到天昏地暗，霎那间又刮起了漫天大风，飞沙走石。忽然一声巨响，只觉得山崩地裂，震耳欲聋，城墙边上的民夫吓得全都趴在地上，谁也不敢睁开眼睛来看。一声巨响过后，四周又恢复了宁静。等民夫们睁开眼睛一看，却都被眼前的景象惊呆了。原来，刚才还牢不可破的长城，如今却坍塌了好长一段。

众人再去细看那一段倒塌了的长城，只见碎石旁边露出了一大堆白色的尸骨，纵横交错，简直惨不忍睹。

（五）滴血认骨

孟姜女打算把丈夫的尸骨带回家乡安葬，也好让范杞良叶落归根，魂归故里。可这一堆堆凌乱的累累白骨，哪个才是丈夫的呢？这时候，她想起小时候老人们曾经教过她的一种办法，叫做"滴血认骨"，如果自己的鲜血滴入尸骨内，尸骨就是自己丈夫的。如果鲜血外流，就不是。她从头上拔下一根金钗，毫不犹豫地朝自己的手指上刺去，然后让手指上的鲜血滴在一根根尸骨上。滴着滴着，果然在滴到一具尸骨的时候，孟姜女手指上的鲜血全部渗了进去。真是苍天不负有心人，孟姜女终于找到了她日思夜想的丈夫。

孟姜女收拾好范杞良的遗骨，准备背回家去。再看看手中的包裹，自己给丈夫亲手做的寒衣现在没有用了，不禁又伤心起来。这时候边上的民夫劝她说："你一个弱女子，又要背尸骨，又要背棉衣，哪里还走得动？再说了，鬼魂也穿不了活人的衣服，倒不如就在这里烧掉，就算是你给你丈夫尽一份心意吧。"孟姜女一想，也有道理，就当场点起火来，把棉衣烧成灰烬，一边祈祷着苍天保佑，让范杞良的鬼魂少受些痛苦。

却说孟姜女哭倒长城，滴血认骨的事情，很快就在长城一代传开了。有一个监工的将领怕秦始皇知道了这件事会怪罪下来，就派出一支骑兵，风风火火地赶来捉拿孟姜女。

这边早有好心的民夫通风报信了，对孟姜女说："快逃吧，有骑兵要来抓你了！"孟姜女不敢耽搁，包起了范杞良的遗骨就匆匆上路了。

这天，孟姜女走了很久，想放下包裹坐下歇歇气，却隐约听见身后传来了一阵马蹄声，眼看追兵就要追来了。她赶忙拿起包裹又跑了起来。孟姜女不知又跑了多远，筋疲力尽的她再也跑不动了。想想一个弱女子，怎么跑得过马蹄呢？孟姜女走投无路，不由得仰天长叹："老天啊！我孟姜女虽死无憾，可谁来埋葬我夫君的遗骨呢？难道你就不可怜我这个弱女子吗？"

（六）始皇吊孝

最终，孟姜女还是没能逃过骑兵的追捕。秦始皇听说孟姜女哭倒了城墙，立刻火冒三丈，暴跳如雷。他率领三军来到长城脚下，要亲自处置孟姜女。秦始皇一见孟姜女，就大发雷霆："大胆女子，为什么要哭倒城墙？"早已把生死置之度外的孟姜女愤怒地说道："我的丈夫范杞良被你们抓来修长城，还被活生生地埋在了城墙里，我是他的妻子，难道不可以哭自己的丈夫吗？天底下哪有这样的道理！"谁知道秦始皇这时候却好像一点也不生气了，他只顾朝着孟姜

女看个不停，左看右看，上看下看，怎么看都觉得孟姜女长得漂亮。这样一来，孟姜女说他什么，他自然一句也没有听进去。

秦始皇身边有个奸臣赵高，很会察言观色，溜须拍马。他见秦始皇很喜欢孟姜女，就顺水推舟地说："陛下，不如您就免去了这个女子的死罪，封她为贵妃，也好让她早晚陪伴陛下。天下百姓知道了，都说陛下宽厚仁爱，岂不是一举两得的好事吗？"秦始皇一听，正中下怀，连连点头。赵高对孟姜女说："孟姜女，你的丈夫已经死了，如今皇上体恤你，招你入宫为妃，不知你可愿意？"孟姜女心里是一百个不愿意。可她又一想：我一个

中国古代民间传奇

126

弱女子，如果不答应就只有死路一条，我死了不要紧，可谁来安葬范郎的尸骨呢？范郎尸骨没有入土，我也死不瞑目啊！想到这里，孟姜女强忍下一肚子怨气，说道："想让我入宫为妃，要答应我三个条件。"秦始皇一听，大笑着说："别说三件，三十件我也答应你！"孟姜女说："第一件，得给我丈夫立碑、修坟，隆重下葬，丧事要办得体体面面、风风光光的。"秦始皇一听当场表

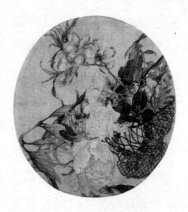

态："这还不容易嘛，答应你这第一件事情。"孟姜女又说："还有第二件，你要给我丈夫披麻戴孝，率领文武百官哭着送葬。"秦始皇一听勃然大怒："放肆！朕乃一国之主，九五之尊，怎么能为一个百姓披麻戴孝！"孟姜女摇了摇头说："如果你不答应，那就杀了我吧！"秦始皇看孟姜女如此坚决，再看看她，真是越看越漂亮，越看越舍不得，就一跺脚说："好吧！就依了你这第二件事。"孟姜女松了口气，不动声色地说："第三件，你要和我一起游三天海，三天以后，才能成亲。"秦始皇连忙说："好了好了，三件事都答应你了，就这么办吧。"

秦始皇立刻派人给范杞良立碑、修坟，采购棺椁，准备孝服和招魂的白幡。出殡那天，范杞良的灵车在前，秦始皇紧跟在后，披着麻，戴着孝，真当了孝子了。这一天，长城边上人山人海，百姓们都前来看热闹。大家指指点点地说道："范杞良和我们黎民百姓的这口冤气，今天总算吐出来了！"

（七）魂归大海

该办的事都办好了，孟姜女又对秦始皇说："三件事情，你做了两件。那就接着游海吧，游三天海后，我们就成亲。"秦始皇大喜，让下人们预备了两条游船，就和孟姜女来到了海边。

孟姜女当然是不会让秦始皇得逞的。原来，孟姜女用的是缓兵之计。想当初范杞良被活埋在长城底下，真是死不瞑目。后来孟姜女哭倒城墙，滴血认骨，好不容易才找到了范杞良的尸骨，想带回松江老家，让他的灵魂得到慰藉，谁

知道秦始皇却看上了孟姜女，要她入宫为妃。那时候要是不答应，肯定是玉石俱焚，范杞良的灵魂也就得不到安息，岂不更让人痛心！现在这样一来，借着皇帝的手，让范杞良的尸骨入土为安，也总算出了一口恶气。孟姜女已经没有了后顾之忧，她还怕什么呢？

孟姜女和秦始皇两人沿着一座长桥朝海边走去，看着波涛汹涌的大海，孟姜女忽然停住脚步，纵身一跃，"扑通"一声跳进了大海里。秦始皇大喊："来人，快来人啊！"可话还没出口，孟姜女早已经沉没在汹涌的波涛之中了。秦始皇命令手下打捞，可是茫茫大海之中，再也没有孟姜女的影子了。

后来，有人在孟姜女当年跳海的地方修了座庙，庙里供着孟姜女的神像，人们都说是姜女庙，这庙就在山海关外。古代劳动人民用血汗建造的万里长城作为伟大的古迹一直保存到今天。而孟姜女万里寻夫、哭倒长城的故事也一直在民间流传。

129

二、牛郎织女

（一）牛郎救牛

从前，有一个山村里住着一户人家，爹娘死得早，只剩下两兄弟相依为命。两兄弟在村里租地耕田，日子过得很艰难。弟弟是个不会花言巧语、老实巴交的人，只知道埋头干活。后来，村里有人给哥哥说媒，哥哥就成家了。

一天，弟弟听村里的老人说，山里躺着一头老黄牛，不吃不喝已经好多年了。弟弟决心要进山去把老黄牛拉回来耕田。他把这事和哥哥说了，哥哥正想要添头牛呢，就一口答应了。弟弟一个人带着点干粮，就进了大山，不知翻过了多少道岭，趟过了多少条河，终于，他看见在一块大石头旁躺着一头瘦骨嶙峋的老黄牛。弟弟走过去，看着老黄牛没精打采的样子，心想它一定是饿了，就赶忙去拔草喂这头老黄牛。

说来也怪，弟弟拔来的草，老黄牛总是会大口大口地吃下去。弟弟拔多少，它就吃多少。一连喂了三天，老黄牛终于吃饱了。弟弟看着老黄牛又重新站了起来，很高兴地对老黄牛说："牛大伯，和我回家耕田吧，以后我天天拔草来喂你。"说罢，就准备拉这头老黄牛回家。谁知这时，黄牛居然说话了："小弟弟，谢谢你这么多天来喂我。我本是住在天山的神牛。当初盘古开天辟地的时候，地上没有五谷，全靠着我偷来了天仓里的五谷种，撒在人间，地上的百姓才能够种上粮食。可后来玉皇大帝发现了，就把我踢下了天庭。我躺在这里这么多年了，谁也不曾来喂过我。谢谢你，从此以后我们就是朋友了，我跟你回家。"弟弟一听，非常高兴，就牵着老黄牛回家了。

哥哥嫂嫂一见弟弟真的牵回了一头牛，也很高兴，就把放牛耕田的事情交给了他。弟弟和老黄牛总是形影不离，没事的时候，就给老黄牛梳毛、喂草，把老黄牛伺候得膘满肉肥，很有精神。从此以后，村里人就称呼他为"牛郎"。

中国古代民间传奇

却说牛郎的哥哥和嫂子对牛郎很不好。每次等牛郎出去干活，才在家里做好吃的。等牛郎一回家，却喝的是烂菜汤，吃的是糠窝头。这天，牛郎正在耕地，老黄牛开口说话了："牛郎，你嫂子正在家包饺子呢，你不回家去吃？""这么早回去嫂嫂要骂的。""这还不好办？我给你施个法，把你耕地的锄头给弄坏，你就能回家了。"说罢，只见从老黄牛身上发出一缕光，锄头瞬间就坏掉了。牛郎一看，就闷声不响地赶着牛回家了。

刚到家里，就见哥哥和嫂子正围着桌子吃着香喷喷的饺子呢。哥哥一见牛郎这么早就回来了，板着脸问道："你怎么这么早就收工了？"牛郎小声说道："我不小心把锄头弄坏了，没法耕地了，就回来了。"嫂子一听，气得跳了起来，骂道："真是个大傻蛋。吃的比谁都多，还这么没用。跟你在一起过日子，真是倒霉！还不如趁早分家。"在一旁的哥哥也早有此意，就对牛郎说："咱们分家吧。"牛郎含着泪说道："哥哥从小将我拉扯大也不容易，分就分吧。我就要那头老黄牛，剩下什么也不要。"哥哥嫂子一听，乐开了花，想都没想就答应了。

第二天，牛郎就牵着老黄牛离开了家。

中国古代四大民间传说

(二) 河畔娶妻

牛郎和老黄牛走啊走，也不知道要去哪里。老黄牛见牛郎愁眉苦脸的样子，就说："牛郎，你不要着急，你骑到我身上来吧。我会带你到一个好地方去的。"

牛郎早已经把老黄牛当成是自己最亲的亲人了，就索性让老黄牛驮着他走。他们走了很久，终于走进了一个山沟里，那里树木茂盛，鸟语花香，很是幽静。只见一条河旁，有一间青瓦白墙的房子，还有一个好大好大的院子。老黄牛对牛郎说："这就是我们的家了。这是老天爷给你的，快下来看看吧。"牛郎一听，高兴得不得了，连忙跑到屋里看了个遍。这里吃的、穿的、用的，样样齐全。从此，牛郎就在这个新家住了下来。

牛郎有了新家，日子过得有滋有味的。可是没多久，牛郎就闷闷不乐起来。老黄牛心里知道他在想什么，原来，牛郎也到了娶妻生子的年纪，想要个媳妇了。这天，老黄牛对牛郎说："明天是七月初七，会有仙女到我们这儿的河里来洗澡。明天你早早地就去躲在河边，趁她不防备的时候，把织女晾着的衣服偷偷拿过来，千万不要还给她。这样一来，她就可以做你的媳妇啦。"

　　到了第二天，牛郎早早地就来到河边躲了起来。不一会儿，就看见一个穿着轻纱的美丽女子来到河边，这女子就是织女。织女本是王母娘娘最疼爱的孙女儿。天山缤纷灿烂的云彩，都是靠她的一双巧手加上一把云梭织成。这一天，正值王母娘娘大寿，织女一心想织一幅特别的布，替王母娘娘贺寿，但天上又找不到合意的颜色，于是，织女决定私下凡间，希望可以找到她想要的颜色。织女下凡后走着走着，就来到了河边。这时候正是正午，天气炎热，织女见河水清透，又四下无人，就忍不住宽衣解带下河洗澡了。这时，在一旁躲着偷看的牛郎趁织女一不留神，就把她放在岸边的衣服给拿了过来。

　　织女洗完澡后，正准备上岸，谁知岸边的衣服不见了，却多了个不认识的男子。她顿时满脸通红，一颗心"怦怦怦"跳个不停，连忙大声喊叫起来："你是谁？我的衣服呢？快还给我。""给你衣服好办，你得先答应嫁给我。你愿意嫁给我，我才还给你衣服。"牛郎笑嘻嘻地说。织女无奈，只好羞答答地说："好了，你别闹了，把我的衣服还给我吧，我穿上衣服，就去你家做你媳妇，你说好不好？""好好好！"牛郎见织女答应了，高兴得蹦了起来。不过这时老黄牛又在耳边提醒他说："牛郎，把你的衣服给她，先让她穿上。这织女的衣服，你可千万要藏好，万一她穿上自己的衣服朝天上一飞，你这个媳妇可就没有啦。"牛郎听后，就把自己的衣服脱下来扔给了织女，织女没办法，只好

穿上了牛郎的衣服，磨磨蹭蹭上了岸，跟牛郎回家了。

　　到家后，老黄牛对牛郎说："好了，你把媳妇也领进门了，你也有房子有地了，明天你去把哥哥嫂子他们都请来看看吧，再请上你的邻居们，让大家一起到这儿来聚聚，就赶紧把婚事给办了吧。"

　　第二天，牛郎就把哥哥嫂子、街坊邻居全都

给请来了。大家见牛郎找了个这么漂亮的媳妇，还住着这么大的一个庭院，都羡慕得不得了。当着众人的面，牛郎和织女拜过天地，他们终于成为一家人了！

（三）织女思归

织女虽然是天上的织女，但温柔贤惠，没有一点架子。她不但会养蚕，而且还会纺纱织绢。织女织出的绢漂亮极了，又细又软，又光又亮，比天上的云彩还要好看。附近的大嫂小妹知道了，都赶过来向织女学织绢。从此以后，牛郎耕田，织女织布，他们相亲相爱，和和美美的，小日子过得十分红火。后来，织女又生下了一男一女两个孩子，白白胖胖的，人见人爱，牛郎别提多高兴了！

一晃三年过去了，两个孩子也会下地走路了。可牛郎却发现织女总是神情恍惚，对什么事都心不在焉的样子。这天，织女涨红着脸对牛郎说："牛郎，你也知道，我的家在天上，我是从天上飞下来的。这一晃已经三年了，我有点想念我的家人了。你看看人家，哪家媳妇不回娘家去看看的？爹妈从小把我拉扯大，我如今回去看看他们，这也是应该的。如今倒好，自从那次私自下凡，到现在已经三年多了，居然都没有回去一趟，也不知道他们有多想念我呢！还有外公、外婆，还有我的六个姐姐，三年来，我每天都在梦里梦见他们，你说我苦不苦？求求你了，就让我上天去看看他们吧。"说到这里，织女忍不住簌簌地流下了眼泪。

牛郎心里也很难过，有所顾虑地说："万一你穿上衣服，飞回到天上去了，撇下我和两个孩子，我们可怎么办啊？"织女急忙说道："不会的，不会的。你待我这么好，我怎么会不知道呢？虽说我是天女，不过既然已经跟你结成夫妻，我们是一定要白头到老，永不分离的。如今又生下这么好的一对儿女，我这个做娘的怎么会忍心撇下他们不管呢？你尽管放心好了，我一定会回来的。"

看着织女情真意切的神态，牛郎终于动了心，就把当年藏好的衣服拿了出来，交给了织女。织女一穿上这件衣服，小时候在天宫里的事情又一幕幕浮现在她的眼前。她仿佛听见了亲人们在呼唤她的声音，她该怎么办呢？这时候，织女心乱如麻，泪如雨下，忍不住一阵心酸，走过去抱起自己的一对儿女亲了又亲。说起来，她也实在是舍不得孩子，舍不得牛郎，可她又多么想马上就回天宫去看看，去看看她的亲人。织女一边流泪，一边抱着孩子，在屋子里兜圈子。到后来，她终于横下一条心，咬一咬牙，把孩子朝床上一放，就从窗口飞了出去，腾云驾雾，直奔天宫飞去了。

牛郎见织女飞走了，这才后悔了。他连忙转身跑出大门去看，这时候织女已经飞上了天空，只见她越飞越高，越飞越远，不一会儿工夫就无影无踪了。一对儿女见织女飞走了，哭得撕心裂肺，老黄牛闻声赶来，对牛郎说："你看你看，我早就提醒过你，千万把她的衣服藏好了，你怎么不听呢？""唉，是我一时心软，就把衣服给她了。不过她临走时说过，她一定会回来的。"老黄牛想了想，慢悠悠地对牛郎说道："我算过了，她过几天应该就会回来的，你放心吧。"牛郎这才安下心来。

却说织女返回了天宫，就去见了自己的六个姐姐。姐姐们听说织女在凡间和凡人成了亲，还有了一对儿女，都惊讶得不知道该说什么好了。"妹妹，你私自下凡做出这样的事情，王母娘娘恐怕不会轻饶你的，这可如何是好？"织女的大姐说道。"我打算向王母坦白，请求她原谅我。"织女坚定地说。众姐妹也想不出别的好办法，只好陪着织女去见王母娘娘了。

（四） 鹊桥相会

织女和姐姐们来到王母娘娘的宫殿，对王母娘娘一五一十地都说了。王母听后勃然大怒，对着织女喊道："枉我平时这么宠你，想不到你居然干出这样的事来。居然敢私自与凡人结合，还生了两个孩子。来人啊，给我把织女关起来，让她永远不能再下凡间。"天兵天将连忙上前把织女捉住，关进了天牢。织女的姐姐们见此情景，都跪在地上为织女求情，可王母娘娘一点情面都没留，拂袖而去。

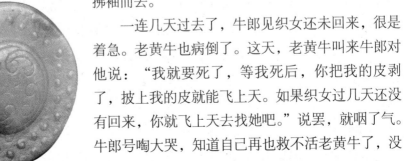

一连几天过去了，牛郎见织女还未回来，很是着急。老黄牛也病倒了。这天，老黄牛叫来牛郎对他说："我就要死了，等我死后，你把我的皮剥了，披上我的皮就能飞上天。如果织女过几天还没有回来，你就飞上天去找她吧。"说罢，就咽了气。牛郎号啕大哭，知道自己再也救不活老黄牛了，没

中国古代民间传奇

办法，只好听老黄牛的话，剥下它的皮来救急了。
正在这时，牛郎听见屋里面孩子在喊娘，连忙跑
进屋子一看，是织女回来了。原来，织女被关进
天牢后日夜思念她的孩子和丈夫，整日不吃不喝，
几个姐姐见她可怜，就偷偷把她救出来了。终于，
牛郎和织女一家人又团聚在一起了。

　　可是好景不长，王母娘娘知道了织女逃出天
牢的事情，非常震怒。这天，天空突然狂风大作，天兵天将从天而降，原来是
王母娘娘派来捉拿织女的。不容分说，天将们就押解着织女飞上了天空。正飞
着飞着，织女听到了牛郎的声音："织女，等等我和孩子！"织女回头一看，只
见牛郎用一对箩筐，挑着两个儿女，披着牛皮赶来了。慢慢地，他们之间的距
离越来越近了，织女可以看清儿女们可爱的样子，孩子们都张开双臂，大声哭
喊着"娘"。眼看牛郎和织女就要相逢了，可就在这时，王母驾着祥云赶来了，
只见她拔下头上的金簪，往牛郎和织女中间一划，霎时间，一条天河波涛滚滚
地横在了他们之间，无法横越了。

　　织女望着天河对岸的牛郎和儿女们，哭得声嘶力竭，牛郎和孩子也哭得死
去活来。他们的哭声、孩子们一声声"娘"的喊声，是那样揪心裂胆，催人泪
下，连在旁观望的仙女、天神们都觉得心酸难过，于心不忍。王母见此情此景，
也稍稍为牛郎织女的坚贞爱情所感动，织女的姐姐们见王母有些心软，就都劝
她把牛郎留在天上吧。王母娘娘看着自己最疼爱的孙女儿哭得那么伤心，便同
意让牛郎和孩子们留在天上，每年七月七日，让他们相会一次。

　　从此，牛郎和他的儿女就住在了天上，隔着一条天河，和织女遥遥相望。
在秋夜天空的繁星当中，我们至今还可以看见银河两边有两颗较大的星星，晶
莹地闪烁着，那便是织女星和牵牛星。和牵牛星在一起的还有两颗小星星，那
便是牛郎织女的一儿一女。

　　到了每年的七月七日，就会有无数的喜鹊飞到天河之上，你咬着我，我咬
着你，大伙儿齐心协力，连成了好长好长的一大串，就在天河上临时搭起了一
座鹊桥。牛郎和织女踩着喜鹊的头顶，一步一步走过去，在这座鹊桥上相会。

　　牛郎织女的故事世世代代传了下来，一直传到了今天。大家把七月初七的
晚上叫做"七夕"，人人都把这天当做情人相会的日子。据说到了夜深人静的时
候，年轻人躲在葡萄架底下，还能偷听到牛郎和织女两个人说的悄悄话呢。

三、梁山伯与祝英台

（一）改装求学

这是一个美丽动人的故事，故事发生在东晋。祝英台是浙江上虞城外祝家庄人。父亲祝公远，是祝家庄上有名的财主，大家都叫他祝员外。祝员外快70岁了，祝夫人比他小10岁。夫妇俩一共生了8个儿子，满心指望一个女儿，恰恰第九胎就生下一个女儿，老夫妇视其犹如掌上明珠一般。祝公远为人拘谨、顽固，平日家教很严，但对女儿却是骄纵的。女儿的名字叫英台，不但生得眉清目秀、玲珑乖巧，处处讨人喜欢，而且还十分懂事。小时候几个哥哥在书房读书，她总要跟在边上一起读，也就耳濡目染地学会了"四书"、"五经"、诗、词、歌、赋，十分聪明。

祝英台的贴身丫鬟叫银心，从小和祝英台一起长大，也是个聪明伶俐的丫头，和祝英台很合得来，因此祝英台把她当做亲妹妹一样看待，两人平日总是形影不离。这天，祝英台在闺房里看书，看倦了，就带着银心一起来到后花园散心。两人正在说说笑笑，却听见花园围墙外面人声嘈杂。她们索性跑到假山上去朝外面张望，一看，原来是几个读书人，要到杭州城里去读书，带了书童，挑着担子，一边说说笑笑，一边匆忙赶路。看着围墙外面的情景，祝英台慢慢地下了假山，但心情却不像先前那么宁静了。原来，祝英台从小就非常喜欢读书，今天看见墙外几个书生兴高采烈地出门求学，就更加坚定了她要去杭州城读书的念头。

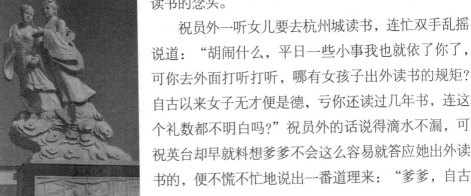

祝员外一听女儿要去杭州城读书，连忙双手乱摇说道："胡闹什么，平日一些小事我也就依了你了，可你去外面打听打听，哪有女孩子出外读书的规矩？自古以来女子无才便是德，亏你还读过几年书，连这个礼数都不明白吗？"祝员外的话说得滴水不漏，可祝英台却早就料想爹爹不会这么容易就答应她出外读书的，便不慌不忙地说出一番道理来："爹爹，自古

中国古代民间传奇

以来女子好学成名的也大有人在，像班昭、蔡文姬，不都是东汉的才女吗？如果爹爹怕我一个女孩子出外求学有危险，我可以女扮男装啊。""什么女扮男装？你在家里有时候扮个男孩子，那是闹着玩的，倒也无妨。一旦出门在外，一天到晚扮男装，能瞒得过别人吗？"

祝英台撒娇地说道："爹爹，女儿早就想好了。只要你答应让我去读书，我保证谁也不会知道我是个女孩子的，爹爹不必担心。""好了好了，你不要再胡闹了，你要读书，我明天就给你请个先生来，在家里读，到杭州城去读书，是万万不可的。"说罢，祝公远气冲冲地拂袖而去。

祝英台见爹爹不答应，就一赌气跑回了自己的闺房。从此闷闷不乐，吃不下饭，也睡不着觉，一天比一天憔悴。祝夫人看了很是心疼，就劝祝公远说道："我们就这么一个宝贝女儿，一直宠到了今天，就索性再依她一回吧。再说，杭州城里那位有名的周士章先生不是你的好朋友吗？他的学问的确让人钦佩，你就让英台去他那读书吧。"其实祝公远心里还是很疼爱这个小女儿的，他想，其实读书也不是什么坏事，杭州的周士章又是自己的好朋友，信得过的，就点点头同意了。

英台听说父亲答应让她去杭州城读书了，开心得跳了起来。三天之后，一切都准备得妥妥当当。祝英台一身男装，骑在一匹白马上，银心也打扮得像个小书童，还挑了一担书箱。祝公远不舍地说道："你要牢牢记住，此番改装到杭州，必须小心谨慎，不能露出破绽，若有半点差错，我是不会饶你的。还有一件，我与你母亲都是年迈之人，若是一旦有什么疾病，你见了家信必须即刻返乡，不许拖延。""爹爹请放心，二老多保重身体。"给祝公远和祝夫人磕头作揖后，英台就骑着白马上路了。

（二）草亭结拜

告别了父母，祝英台和银心两人沿着大路朝杭州方向走去。此时，正是春暖花开、万物复苏的季节。祝英台的心情如小鸟出笼般雀跃，一路上与银心说说笑笑，好不自在。这天下午，她们正在赶路，忽然狂风大作，一片黑云从远处飘了过来，不一会儿，就把刚才还明晃晃的太阳全给遮住了。"小姐，我们快些走，找个地方躲一躲吧，要下雨了。"银心脱口而出。"你叫我什么？"祝英台看看四周，好在没有人听见，继续说道："在家里怎样嘱咐你的，上了路就改口称呼，如今你又叫起小姐来了，幸亏没有人听到，否则岂不是露了马脚？以后千万要记住才好。"银心一吐舌头，知道自己犯了个错误，就连忙改口说："银心记住了。公子，你看那边有个草亭，我们还是先去避一避吧，眼看就要有一场大雨了呢。"说罢，两人一先一后就朝草亭奔去。亭子边上有一棵柳树，银心就把白马拴在了树上。

英台二人正在草亭内休息，只听前方传来一阵急促的马蹄声。英台抬头一看，只见一个年轻的男子，骑了一匹灰色马，匆匆而来。马的后面，还跟着一个挑着行李的小书童。那挑担子的道："这亭子里已经先有避雨的人了。"那骑马的道："先把行李放在一边吧。"说话之间，人已下马。那人头戴儒巾，身披蓝衫，也是文人打扮。不过所穿蓝衫，丝织得非常粗糙，并非有钱人家公子的模样。只见他眉目清秀，一表人才，眉宇间透出几分英气。

年轻男子进入草亭，便一拱手对祝英台说："打扰了。大雨要来了，在这里避一避。"祝英台站在亭子一边，有礼相还。说道："哪里哪里，仁兄客气了。"

年轻男子很自然地和英台搭起话来："俗话说，在家靠父母，出门靠朋友。今天我们在这草亭相遇，也算有缘。我叫梁山伯，是会稽府人氏，家住胡桥镇上。请问仁兄，是要到哪里去？"祝英台想，来而不往非礼也，人家客客气气地问，总不好不理不睬吧，便压低声音说道："小弟名叫祝英台，是要到杭州求学去的。"

"不知仁兄打算投奔哪一位名师？""家父有一位好友，叫周士章，在杭州一家书院教书，打算去杭州投奔周先生。""是吗？在下对周士章先生也早有耳闻，此次也想拜他为师呢！真是太巧了。"祝英台渐渐自然地和梁山伯攀谈起来。梁山伯更是一见如故地把自己的出身家世以及思想性情，都坦率地告诉了祝英台。

原来梁山伯也是一个书香人家的子弟，家道清寒，父亲在几年前患病身亡了。

如今母亲见他长大成人，便叫他出外寻访名师指教，也好学成之后光耀门楣。祝英台听罢梁山伯的叙说，不禁油然起敬。忽然，梁山伯若有所思地沉默了起来，祝英台不解地看着他，过了一会儿，梁山伯才半吞半吐地向祝英台说道："祝仁兄，我有一句话，只是不敢启口。"祝英台道："你我在此相见，十分投机，有

什么言语，但说无妨。"梁山伯说道："想我们二人，有缘在此相见，又要去拜同一个先生为师，将来还要同窗求学，倒不如我们结义金兰，将来也好有个照应，不知仁兄意下如何？"祝英台一听，心里很是高兴。说道："仁兄的话，正合我意。在下今年十六，不知仁兄实际年龄？""在下十七，就算你的长兄了！"祝英台两手一拱道："小弟敬你为兄了，不知我们何处结拜？"梁山伯笑呵呵地说："这还不简单，我来布置个香案。"说罢，就走到草亭外面，从树上折下一枝柳条来，顺手插在了石头缝里。梁山伯和祝英台在香案前跪下，对天三拜。礼成后，祝英台道："银心，你过来见过梁相公。"银心对梁山伯拜了一拜。梁山伯道："四九，你过来见过祝二相公。"四九赶紧过来，对祝英台也拜了一拜。

这时候，早已经雨过天晴了。一对结拜兄弟离开了草亭，高高兴兴地上路了。

（三）三年同窗

几天之后，梁山伯与祝英台一行四人渡过钱塘江，顺利进入了杭州地界。经过一番询问，就匆匆忙忙赶到了书院。

周士章执教的书院叫万松书院。这周先生一向教学有方，闻名遐迩，已经收了很多学生。梁山伯与祝英台一见周士章，就说明了来意，并把自己早已准备好的几篇习作拿给先生指正。周先生接过习作，仔仔细细地看了起来。他一边看，一边不时地点头，看样子，对这些习作还是比较满意的。周先生看着面前这两个学生，觉得他们都是可造之才，就十分爽快地把他们都收为学生了。

从此以后，他们主仆四人便在万松书院住了下来，一起学习，一起生活。

久而久之，梁山伯与祝英台两人的感情越来越深厚。在房间里读书的时候，他们相对而坐，无话不说；就是到外面去散步，两个人也是形影不离。这样一来，难免会引起同学们的一些议论。一天早晨，梁山伯和祝英台亲密地携手走进讲堂，一个同学看见他们，打趣地说道："大家快看，梁祝二兄这样亲密，真像一对恩爱的夫妻呢。"祝英台被他这么一说，不禁地害羞了。大家一看，越发觉得有趣，索性哄堂大笑起来。"有什么好笑的，祝兄弟又不是女子，怎么能开这种玩笑呢？"梁山伯正色说道。正好这时候周先生一声咳嗽，走进讲堂，几个起哄的都低下头去，不敢再说什么了，这场风波才算被平息了下来。

转眼间，已到次年二月之尾，他们在一起已经学习一年了。这天，书院的同学们一起组织去爬山。谁知从山上回来后，祝英台就染上了风寒。梁山伯见祝英台身体不适，便说："明天请个大夫来瞧瞧吧。"说着，伸手在她额角上一摸，只觉如热石一般，非常烫手。便道："贤弟真生病了，这多半是晚上少盖被，受了凉了。"祝英台睡在枕上也没作声，微微笑了一下。梁山伯说："今天晚上，你不必叫唤银心。我在贤弟脚头抵足而眠，有事只管叫唤我。"祝英台一听，很是为难。一方面不好拒绝梁山伯的好意，可另一方面自己毕竟是个女孩子，从来没有和一个男子同床共枕过，这可怎么办是好啊。祝英台灵机一动，开口说道："梁兄，承蒙你一片深情，可小弟小时候一向一个人独睡，倘若与人同床，中间必须放一碗水，两人相约，谁也不可越过界限把水打翻。倘若有人犯规，第二天就要罚他拿出钱请客的。"

却说梁山伯真是天底下最老实的老实人，这样的谎话他也能信以为真。听祝英台说完，梁山伯就当即找来一只碗，盛了一碗水，放在了床的中间。看着梁山伯的这番举动，祝英台激动万分，她对梁山伯的情意也就更加深切了，心

想，倘若有这样忠厚体贴的人做自己的终身伴侣，该有多好呢。而山伯对自己完全是一个大哥对小弟的手足之情，况且他根本就没有察觉自己是女子的事情。想到这里，祝英台心乱如麻，不能自已。

第二天，天刚蒙蒙亮，祝英台就醒了。看着床中间的一碗水，还是好好的。心里不知是甜

蜜，还是失落，连她自己也说不清楚。在梁山伯的精心
照料之下，英台也痊愈了。

自从梁山伯照料祝英台病体转愈之后，祝英台对梁
山伯的感情更进了一步。

（四）十八相送

日子过得很快，转眼三年就过去了。这天，一个人急匆匆地来找祝英台。原来是祝员外家里的长工，他给祝英台带了封家书。祝英台看过家书后，一筹莫展。梁山伯见祝英台这般模样，便问道："贤弟有什么事?"祝英台说："刚才家中来信，说母亲生病，要我速回家。不过据弟推测，老母纵然有病，有也不重。只是离家三载叫我回去，倒是不能不去。梁兄之意如何?""当然要回去，况有伯母来信叫你回去，只是……"梁山伯看了看祝英台，有些不舍地说。"我也舍不得兄长，希望兄长学成后，早早到我家去看望我。"说到这里，祝英台也忍不住红了眼眶。

这天夜里，祝英台一夜没有合眼，翻来覆去地想怎么告诉梁山伯自己是女儿身的事。想了一夜，她终于有了主意。原来祝英台想到的就是师母。却说祝英台在万松书院学习这三年间，生活上常常得到周师母的体贴照顾。事到如今，自己也没有什么别的办法了，只好向周师母和盘托出，来请她帮这个忙了。

第二天一早，祝英台在向周先生告别之后，就来到了师母的房间，红着脸，把自己女扮男装来杭州求学，如今又想把终身托付给梁山伯的事情都一五一十地说了出来，请求师母帮她这个忙。没想到师母非但没有惊讶，反倒一口答应。原来，细心的她早就察觉出来了，自己又很喜欢这两个孩子，就答应祝英台等她走后，一定会把事情的真相告诉梁山伯。

拜别了师母之后，祝英台回到房间。银心和四九早已收拾好了行装。梁山伯说："让愚兄送贤弟一程吧。"四九帮着挑起了行李，银心牵着马，先走一步，梁山伯与祝英台两人这才默默无语地相伴上路。

两人默默走了好长一段路，眼看已经来到钱塘江边的渡口。祝英台见四周清静，机会难得，便想表白心事，但又苦于不知从何说起。踟蹰之下，忽然想到梁山伯说过他下个月也要返乡了，便借此打开了话头："梁兄也快要离开这

中国古代四大民间传说

里了，返乡以后，见了伯母，请代我请安。""记住了。贤弟此番回去，见了伯父母也代我请安。"梁山伯礼尚往来地说。"这个自然。"祝英台停了一会又试探地说："啊，梁兄，伯母年迈，理当娶一房嫂嫂侍奉伯母才是。若有喜讯，必须通知我，也好赶来吃杯喜酒。""贤弟取笑了！"梁山伯笑着摇摇头道："我乃是一介寒士，谁家女儿肯嫁给我？倒是你出身豪富，又是一表人才，今朝回去，也许伯父母已经代你订下了美满姻缘了，若是这样，大喜之日，可千万不要忘了结拜之人。"梁山伯是言出无心，却不料这些话句句刺激了祝英台。"不怕梁兄笑话，小弟此生不愿娶妻，只愿终生与你为伴，不知你意下如何？"祝英台语意双关地说到这里，脸红了。梁山伯笑了笑，拍着祝英台的肩膀不置可否地说："贤弟又说傻话了！"忽然，祝英台眼前一亮，又想出来个办法，开口说道："梁兄，你可知道，小弟家中有个九妹，和我是双胞胎，长得和小弟一模一样，倘若梁兄能够和我家九妹结成连理，那真是再好不过。梁兄如果不嫌弃，小弟来给你们做媒，你看如何？"梁山伯道："贤弟为兄做媒，岂有不愿之理。只是愚兄家境贫寒，有点儿高攀吧？怕是委屈了令妹！""梁兄请放心，小弟既然提了这门亲事，当然是有七分把握的。回到家中，小弟便禀告父母。望梁兄早日来提亲，不要错过良机才是。""贤弟，那你说什么时候提亲最为合适呢？"祝英台微微一笑说道："我和你打个哑谜吧。我约你一七，二八，三六，四九。梁兄现在，不用猜它，到家一想，也就想起来了。"梁山伯不敢怠慢，连忙记下了这个哑谜。马上就要上船了，祝英台双手一揖，说道："时间不早了，今天难为梁兄一路送来，足足走了十八里地。如此深厚的情谊，小弟终身难忘。"梁山伯拱手作揖，道声珍重，又叫四九过来，拜别了相公和银心，就依依不舍地看着祝英台上船了。

（五）楼台诀别

五天之后，祝英台和银心平安地回到了祝家庄。家里的人早已得到了消息，全都来到大门口迎接。英台一见祝公远，就连忙问道："母亲的病痊愈了吗？""好了好了，听说你要回来，你母亲就什么病也没有了。"祝公远哈哈大笑地说道："赶快，回屋换身女装来大堂，家里还有客人呢。"家里来的不是别人，而是要给祝英台做媒的媒人。原来，会稽太守马子明听说祝员外有个女儿，非但貌若天仙，还知书达理，所以特请人来给他的小儿子马文才做媒，想和祝家结成亲家。祝公远见马家在会稽一带手眼通天，家财万贯，想想也算门当户对，就答应了这门婚事。

自从英台知道了这件事情以后，感觉真像是晴天霹雳一样。她的心就像被无数把尖刀刺伤一般，疼痛不已。这天，她再也按捺不住了，连忙去找了父母，把自己在杭州读书的时候结识了梁山伯，把自己三年来和梁山伯的一番情谊以及自己在一个月以前已经假托九妹许配终身的事，一五一十地都说了出来。祝公远一听，勃然大怒道："你真是太放肆了。自古就是父母之命，媒妁之言，哪有过私定终身这种丑事？不要再提那个梁山伯了。一个月之后你就出嫁吧！"说到这里，就拂袖而去。

再说梁山伯，自从回到万松书院，开始琢磨起那个哑谜了。突然间，灵光一现，他心想，贤弟说的是一七，二八，三六，四九。七八是十五，六九也是十五，十五加十五，不正好是一个月吗？原来，他是约我在一个月之内到祝家庄提亲。这一想，梁山伯的心情顿时开朗起来。这时候，周师母笑盈盈地走了进来，问道："山伯，你可知道英台是男是女？""当然是男子。""不对，祝英台是个女子，连她的书童银心，也是个女子。"梁山伯大吃一惊，师母就把英台临行时和她说的话都告诉了梁山伯。

梁山伯这才恍然大悟，原来根本没有九妹，九妹就是英台，英台就是九妹。她不好意思给自己说媒，才说了这么个谎话。自己真是傻呀，同窗三年，居然没有看出祝英台是个女子。想到这里，他再也按捺不住心中的喜悦，拜别了周先生和师母后，就赶往祝家庄了。

"小姐，小姐，梁公子来了！"银心急匆匆地跑到院子里对祝英台说。"他真的来了？"英台激动地问。"嗯，就在书楼等着小姐呢。老爷现在不在家，夫人说让你们小聚片刻。"银心点了点头说道。祝英台来到书楼，快步走到梁山伯面前，说："梁兄别来无恙。"梁山伯朝祝英台看了看，只见她身穿一件淡黄的衣衫，下面系着一条翠绿的百褶裙，一双明亮的大眼睛里却分明藏着几分忧思。按说今天相见，她应该高兴才是，怎么却是这样的一种神情？梁山伯连忙回礼："贤弟，你……"一时间不知道该说什么好了。倒是祝英台没有慌乱，轻声道：

"还是叫我小妹吧。"两人随即在桌边坐了下来。祝英台看着自己朝思暮想的梁山伯，心里有千言万语，却又不知从何说起。自己马上就要嫁入马家了，本想逃走，可是马家势力那么大，况且父亲已经收了马家的聘礼，这该如何是好啊。想到这里，祝英台的眼泪就止不住地流了下来。梁山伯一见，顿时慌了神，连忙说道："贤妹别哭，你这是怎么了？"祝英台再也控制不住自己的情绪，就边哭边把这一个月里发生的事情一五一十都说了出来。

梁山伯一听，顿时脸色惨白。只觉得眼前一阵黑暗，不觉摇摇欲倒地浑身抖了起来。过了许久，才勉强说出一番话来："这事怪不得贤妹，真是飞来横祸。只怪愚兄无能，保护不了你这样的弱女子。真是辜负你对我的一片真情了。"说罢，拿起桌上的一杯酒，一饮而尽，放下酒杯，对祝英台说："愚兄告辞了。"转身就往门外走。谁知刚迈出一步，就剧烈地咳嗽起来，只觉得头晕目眩，心如刀割，不得不取出一块手帕，紧紧捂住自己的嘴。祝英台连忙扑上前去，只见那白手帕上早已渗出一大片殷红的血迹。祝英台忍不住失声惨叫起来："梁兄，是小妹害了你啊！"四九、银心闻声赶上楼来，一见这种情景，也吓得手足无措。梁山伯喘过气来之后，仍然坚持要走，祝英台只好流着泪对梁山伯说："梁兄回家，务必要好生休养，盼你能够再来看我。"梁山伯颤抖地说道："贤妹的话，愚兄都牢记在心，如果病好了，还会再来看你的。你自己多保重。"祝英台目送梁山伯走出了祝家庄，才掩面啜泣回到了屋中。

（六）合墓化蝶

梁山伯回到家中，从此一病不起。梁山伯的母亲高氏看着儿子的病情很是心痛。请了医生来诊治，服药也不见效，大口的鲜血继续吐着，终日昏昏沉沉、

如痴如呆，嘴里只是不住地叫着英台的名字，急得高氏束手无策，只有暗暗流泪。

这天清晨，高氏过来看望，他拉着母亲的手，哭着说："母亲，孩儿不孝，看来是要先走一步了。不能侍候您老人家了，您一定要多保重身体，孩儿只能来世再报答您的大恩大德了。"高氏大吃一惊，连忙要去堵儿子的嘴，山伯却推开母亲的手，继续说："孩儿临走之前还有件事要母亲答应，请母亲在胡桥镇上为孩儿安排一块坟地，孩儿

也就走得心安了。"高氏一边哭，一边擦着眼泪说道："快别说了，母亲都依你。"梁山伯点点头，又轻轻地说出了最后一句话："母亲，孩儿对不起您老人家，我要走了。"说罢，两眼一闭，再也没有醒过来。

梁山伯死后，高氏悲痛欲绝，直到丧事办完，才派四九去向祝英台报讯。

话说祝英台这边，转眼已经是七月初五了，祝家都忙做一团了。原来，马家把迎亲的日子定为了七月初七，于是祝家上上下下的人都在为准备嫁妆的事忙碌着。这时的祝英台早就下定了决心，她暗中谋划着，准备到尼姑庵去出家，借此机会等待有朝一日和梁山伯的再次重逢。第二天一早，祝英台把一切都准备好了，先叫银心去向紫竹庵的住持讲明。银心本想劝阻，但见她心意甚坚，也不敢多嘴，并且自己也决定跟了去。银心走后不久，忽然又带着四九回来了。祝英台一眼看见四九，不觉一怔，继而发现银心和四九的脸上都挂着亮晶晶的泪珠儿，更感到犹如一阵冷风吹透了骨髓，一切打算都落了空，她的心完全沉下去了！

果然，四九进来，还没开口，就"扑通"一声跪下去了，喊着："祝小姐，我家梁相公，他，他已经走了。"四九说到这里，早已泣不成声了。"他走了，他走了。"祝英台的嘴唇颤动地重复了一句，声音低得几乎听不见。过了好一会儿，祝英台才又开口问话："四九，梁相公安葬了吗？""安葬了。""葬在哪里？"

"葬在胡桥镇的东北角上。梁相公临终前让我把坟墓的地址告诉祝小姐，他说他想您，要您务必到他坟前一见……"

祝英台听了这话，默默领会了山伯的意思。一阵心酸，顿时热泪如雨。想到山伯已经先走一步，那自己出家还有什么意义，不一会，一个新的计划又在她的脑海里出现了。

七月初七这天终于到了。马文才披红挂彩，骑着马得意洋洋地来到祝家庄迎娶。媒婆随着花轿和鼓乐跟在后面，一路上看热闹的人熙熙攘攘，十分威风。眼看花轿就到了大门口，祝夫人上楼催促女儿快些梳妆打扮，却看见女儿呆呆地坐在梳妆台前，一动也不动。祝夫人说道："孩儿啊，快点梳妆打扮，早上路凉快些。"祝英台看了看祝夫人，不慌不忙地说道："母亲，我有一句话请您去问明白了爹爹和马家迎亲的人，然后再梳妆不迟。""你这是什么话？都什么时候了，净瞎胡闹。""要我上轿，必须要依我一件事。否则，就让马家抬一个死人回去吧。花轿必须绕到胡桥镇，我要到梁山伯坟前祭拜一番。"祝夫人一听，这还了得。连忙去找祝公远商量去了。祝公远一听，气得不知如何是好。他想，就算自己答应了，可怎么跟马家交代啊，但如果不依她，万一女儿真的有什么事，那……真是两难啊。只好找来媒婆商量，这媒婆脑子特别灵光，不一会儿工夫，就想出了一个理由，去跟马文才商量了。说是新娘子当年曾经在杭州城读书，有个同学叫梁山伯的，如今死了，坟墓就在胡桥镇。祝英台今天想去祭拜一番，这也是人之常情，可见这新娘子也是个有情有义之人。如果马公子答应了，这小娘子以后肯定会感激你的。马文才本来不大乐意的，被媒婆这么劝说之后，觉得也有道理，想着自己盼了好久，好不容易盼到今天，若是为了这点小事逼死英台，确实不值得，就同意了。

都准备好了，鼓乐齐鸣，人声嘈杂，祝英台告别了父母，满含着眼泪，上了花轿。走了一程，突然下起雨来。马文才没有退路，只好催促大家赶路。不一会，队伍就来到了胡桥镇附近。祝英台掀开轿帘四处一看，远处赫然有一座新修的坟墓，祝英台当即下了轿，跑到跟前，上面刻着"梁山伯之墓"。祝英台刚到坟墓前，只见风雨声、雷声、哭声、呼叫声，凄惨地混杂成一片。忽然一阵巨响，梁山伯的坟霍地裂开了，祝英台看见这情形，惊喜地站起来说道："梁兄，我来了！"便跳进了坟墓的裂缝中。说时迟，那时快，祝英台刚刚扑进坟墓，坟墓在刹那间便又重新合拢，仿佛它从来没有裂开来似的。

银心被刚才所发生的事情惊呆了。再朝那坟墓看去，只见风也停了，雨也止了。忽然有两只美丽绚烂的花蝴蝶，翩翩盘旋于坟上，它们是那么自由幸福地飞着，舞着。"小姐！梁相公！"银心脱口而出。不一会工夫，这两只蝴蝶就越飞越高，越飞越远，再也看不见了。

从此以后，这一带的老百姓纷纷传言说梁山伯和祝英台两人已经变成了两只蝴蝶。他们活着的时候不能做夫妻，死后变成了一对形影不离的蝴蝶。每年春天，当人们在野外看见两只蝴蝶在翩翩起舞的时候，便又会诉说起这个让人怦然心动的传说。

四、白蛇传

（一）西湖寻夫

说起西湖风光，北宋大诗人苏东坡有一句名句，"欲把西湖比西子，淡妆浓抹总相宜"。这个美丽的传说就发生在美丽的西湖边上。这天是清明节，杭州人一向都有个风俗习惯，那就是家家户户都要在当天去祭扫祖坟，说是扫墓，其实总是要连带着踏青。街上人头攒动，有唱小曲儿的、有放风筝的、有卖小吃的，真是五花八门，应有尽有，好不热闹。这时，从一间药铺走出来一个少年，只见他右手提着个竹篮子，里面装着金银纸锭、鞭炮蜡烛之类上坟用的东西，左手带了一把雨伞，扛在肩上，少年对着药铺的窗户说道："表叔，我去南山给父母上坟了，来往路途遥远，要晚上才能回来，店里的事就有劳您费心了。"房里有人答道："许仙，你放心去吧。路上小心，你早去早回。""知道了。"说罢，许仙就提着东西走了。

走过了几条街，许仙就到了西湖的码头，准备渡船去南山。看着湖面上的风光，心想：西湖的景致真好，今天上坟，提早一点回来，若到西湖还早，就在这游玩半天再回城。许仙有了这份心思，果然上坟回来很早，到达西湖，时间还很早呢，就带着雨伞，顺着西湖边上的人行路，边走边观看西湖的美景。可刚走没多久，刚刚还晴空万里的天空上飘过来几片乌云，只一会工夫，西边响起震耳的雷声，刹那间便下起雨来。许仙撑起伞，直奔西湖边跑去，当即叫了一只渡船，让船夫送他到对岸去。船夫解开缆绳，刚要把船荡开，又听见两个年轻女子在岸上呼唤："老人家，让我们搭个便船吧。"船夫有些犹豫不决，转身朝许仙看去。许仙从船舱里探出头去张望，一看原来那边有两个年轻女子，一位约十八九岁，身穿白绫衫，下系白绫裙。一位十六七岁，穿了一身青色的裙子。两个女子被大雨淋得衣服都湿透了，他不觉动了恻隐之心，连忙吩咐船夫把船靠岸，让她们两人上船。

中国古代四大民间传说

两个姑娘进了船舱，一见许仙，就深深地道了个万福。许仙慌忙起身还礼。穿白衣服的女子说道："小女子名叫白素贞，这是我的妹妹小青，今天多谢公子，请问公子尊姓大名，将来我二人提到今日遇大风大雨，为何人所救，要是答不出来，就太失礼了。""不敢，在下姓许名仙。""府上又在何处？""寒舍就在过军桥黑珠儿巷。如今在一家药铺里做买卖。""官人这是出来游玩？""岂敢。想我许仙，自幼父母双亡，全靠姐姐拉扯长大。今天是清明节，我是出来给父母上坟的。回来早些，便在这里逗留了片刻。""原来如此，官人扫墓，为何不带家眷？""小生家境贫寒，至今尚未婚配。"却说这许仙平日里是沉默寡言，今天见了白娘子和小青，却一反常态，变得非常健谈。这时，许仙觉得似乎是遇见了意中人，忍不住多看了白娘子几眼。

不知不觉，船已经靠了岸。小青道："姐姐，现在雨还在继续下，怎么办？"

许仙说："我这里有一把雨伞，小姐拿去用吧。我到店里路近，一跑就到了。"说着，就把伞交给了小青。白娘子见此情景说道："清波门外钱王祠畔，有个小红门，门口贴有'白宿'的纸条，那便是我家，请公子明日来府上取伞。"许仙道："明日下午，一定到。"于是小青先撑着伞，跳上了岸，白素贞也跟着一跳，手扶在小青的肩上，两人共撑一把伞，向远处缓缓走去。

（二）美满姻缘

三月里的天气，阴晴是谁也说不准的。昨天下了一阵大雨，今天就是个大晴天了。白素贞一个人坐在房里，对着院子里的花草发呆。"姐姐，你确定昨天的那个人就是你的救命恩人吗？"小青一边给白素贞倒茶一边问道。"我确定就是他。"白素贞若有所思地说。原来，白素贞与小青本是修炼了千年的蛇妖，几百年前曾经有人救过白素贞一命，这个人就是经历了多次投胎转世的许仙。白素贞是为了报恩，才来到杭州的，就连昨天的偶遇也都是白素贞事先计划好的。却说白娘子，从峨眉山千里迢迢来到杭州西湖，就是为了报答当年的救命之恩。现

在恩人找到了，心中肯定无比喜悦。可报恩的方式多种多样，自己要怎么选择呢？想想昨天的接触，白娘子对许仙很是喜欢。就下定决心，要以身相许，用这样一种最浪漫的方式来报恩。"那他今天能来吗？"小青接着问道。正在说话的工夫，就听见外面有敲门声。小青开了门，果然是许仙。小青带许仙来到客厅，又掀起通往后半间的门帘，转身到里面，悄悄地说："姐姐，许官人来了。"只听得白娘子在里面脆声答应："让他到里屋说话吧。"小青出来，催许仙进去。许仙迟疑了一会儿，禁不住小青在边上一再催促，就半推半就地跟着进了里屋。

里屋原来是一间琴室，布置很是别致。桌边放了一张古琴，正点着几炷香，显得格外的幽静雅致。白娘子一见许仙，便起身道了个万福，开口说道："昨天湖上遇雨，多蒙官人照应，真是感激万分！"许仙慌忙回礼，一边又说："区区小事，何足挂齿。小生是来取伞的。"白素贞微微一笑道："不忙，我已吩咐厨房准备了些小菜，请相公宽饮几杯。"这时候，小青端出了酒菜，三个人围着桌子，开始边喝边聊起来。

小青举起酒杯，对许仙说："官人，请饮。"说罢，就把杯中的酒一饮而尽。接着说道："许官人，你二十几岁还未成亲，今天我给你做个媒怎样？想我姐姐年轻守寡，好不凄凉。官人家中贫寒，也是尚未成家。你们二人，可谓同命相连。不如心心相印，两人结为一对恩爱夫妻，白头偕老，不知官人意下如何？"许仙听了这番话，自然也是满心喜悦，不过再一想，却又犹豫起来，吞吞吐吐地开了口："娘子如此厚爱，小生没齿难忘。只是愧于囊中羞涩，又怎么办得了婚事？"白娘子一听，原来是为了钱，便说："官人不必为这事发愁，我这里还有不少积蓄，尽够官人花销的了。"说罢，一挥手，让小青上楼，先拿一些下来。

不一会儿，小青从楼上下来，笑盈盈地把一个沉甸甸的小包放到了许仙的手里。许仙打开一看，包里果然整整齐齐放着五十两银子。只听白娘子在边上轻声说道："官人先拿去用吧，将来迎亲时还要开销，也只管来拿就是了。"许仙看着白娘子，心中充满了感激之情，说："娘子如此待我，小生感激不尽。待小生回去禀报姐姐，便找媒人前来提亲。"再三道谢后，许仙就拿着银子回家了。

许仙回到家后，把这喜事禀告了姐姐、姐夫。姐姐想，许仙年纪也不小了，还迟迟没有成亲，说到底也就是因为家中贫寒，如今有这等好事，当然是求之不得。没多想就痛快地答应了。

几天之后，许仙和白娘子就风风光光地拜了天地，结成了一对恩爱夫妻。结婚以后，白娘子又拿出自己的积蓄给许仙在镇江开了个药店，店名叫做"保和堂"。就这样，许仙、白娘子和小青三人就从苏州搬到了镇江，在那里开始了崭新的生活。

（三）端午惊魂

话说"保和堂"刚开张，就遇上镇江闹瘟疫，老百姓一个个面黄肌瘦、唉声叹气的。地方上一闹瘟疫，大家就都往药店跑，保和堂的存货没几天工夫就被抢购一空了，到外地进货又是远水救不了近火。许仙看着全镇的百姓有病却无药可医，很是着急。白娘子看到许仙手足无措的样子，便自告奋勇地说道："官人，我小时候跟着外公到山里采过药材，我来帮你吧。"许仙一开始不同意，怕她身体吃不消，可禁不住白娘子的一再要求，再看着全镇百姓饱受病痛的折磨，也就同意了。

却说镇江西门外三十里的地方，有一座高山，叫做百草山。那里的草药真是多极了，可是地势险峻，非常危险，常人一般都不敢来此采药。白娘子到了百草山，不一会工夫就采了满满一篮子。从此以后，她每天一清早就出城，进山采药，从此，保和堂店里就再也没断过药。许仙和白娘子还在店门口摆了一口大缸，里面泡满了草药，施舍给穷苦百姓，人们都可以来舀，分文不收。保和堂配出来的药非常灵光，尤其是治疗瘟病，总是药到病除。这样一来，镇江城里城外，有口皆碑，大家不只佩服保和堂的灵丹妙药，更对许仙夫妇二人赞口不绝。

这消息一传十，十传百，传到了金山寺长老法海和尚的耳朵里，这法海本是个蟹精，一次偶然的机会得到如来佛祖的点拨，便成了一个和尚。还给了他三样宝贝：青龙禅杖、风火袈裟、紫金钵。这个法海平日里专门做些画符念咒的事，说是可以帮

中国古代民间传奇

助百姓消灾劫难。其实呢，是想捞些钱财。如今镇江的百姓全往保和堂跑，把他的财路给堵住了。法海掐指一算，恍然大悟，原来他算出白娘子是千年蛇妖，一会工夫，便计上心头。

这天，白娘子又去百草山采药了。法海和尚来到保和堂门口，盘膝坐在地上，"笃笃笃"地敲起了木鱼。许仙出来一看，是个胖和尚，便客客气气地问道："老禅师，你到我这里是来化缘的吗？"法海看了看许仙，说："老衲不是来化缘的，而是来救施主一命的。"许仙听他这么一说，顿时很是奇怪。法海接着说道："施主，你可要当心啊！你知道吗？你的娘子是千年蛇精。你若不信，过几天就是端午佳节，你若给她喝雄黄酒，她必定现出原形。"许仙一听，吓得一整张脸惨白惨白的。刚要辩解什么，那法海和尚早已经摇摇摆摆走远了。

到了端午节这一天，按照当地人的风俗习惯，家家户户要在家门口插些艾蒿叶，也要到江边去观看热热闹闹的划龙舟比赛，人们还要在这一天喝雄黄酒。

清早，小青就先去山里躲避了。原来，小青的修炼还不够，受不了雄黄酒的气味，怕到时候现出原形。白娘子左思右想后，还是决定留下来，想如果自己也走了，许仙会起疑心的，而且自己有千年的功力，想必可以抵挡一阵。

再说许仙，在店里和伙计们一起过节喝酒，已经有些醉了，喝着喝着，就端起一壶雄黄酒，来到后院的楼上，要和爱妻共饮几杯。白娘子禁不住许仙的再三要求，没办法，硬着头皮喝了一杯，谁知喝下去后一阵恶心，就连忙说自己身体不舒服想休息。许仙一见白娘子这般模样，若有所思地说道："莫非娘子你有喜了？"白娘子莞尔一笑，低下头去，算是默认了。许仙高兴地跳了起来，说道："那娘子快些休息吧。"说着，连忙扶白娘子上床休息。

许仙下了楼以后，心中懊悔不已，连连责怪自己，娘子有了身孕，怎么还能让她喝酒呢。就匆匆赶到药房，调了一杯醒酒汤，端进房中，要替白娘子醒酒。许仙一边撩开罗帐，一边说道："娘子快起来喝碗醒酒汤。"谁知，白娘子已经无影无踪，那床上竟盘着一条大白蛇，吓得许仙大喊一声，便昏死了过去。

（四）水漫金山

午时三刻一过，白娘子又变了回来。小青也从山里回到家中。两人一看，许仙躺在了地上，一点气也没有了。白娘子心里明白，肯定是自己酒后现了原形，把许仙给吓死了。白娘子心乱如麻，转过头来对小青说："还有救。只是凡间的草药救不活相公了，只能到嵩山去盗仙草。""嵩山？姐姐，那里的护山神将厉害着呢，你打不过他们的。"小青着急地说道。白娘子含泪说道："为了救相公，就是上刀山、下火海，我也在所不辞！"说罢，就向嵩山飞去。

白娘子到了嵩山，见守护仙草的白鹤仙子和鹿童仙子正好不在，就变成了一条小白蛇，飞快地摘下一颗灵芝仙草，重新恢复人形，想要溜走。谁知就在她要溜走的时候，鹿童仙子正好回来了，见白素贞拿着仙草便大喊一声："哪里走！"便朝白娘子追去。忽然听得半空中有人大喊一声："徒儿住手！"大家一看，原来是南极仙翁赶到了。白娘子一见仙翁，便泪如雨下地把事情的前因后果都告诉了仙翁。仙翁听了之后，长叹一声说："难得你一片痴情，我就成全你这一回吧。"白娘子喜出望外，谢过仙翁后，带着仙草，风驰电掣般飞回了镇江。

许仙服下了仙草以后，慢慢地睁开了眼睛。他一把拉住白娘子的手，急切地问道："娘子，我现在在哪里？"白娘子一见许仙又活了过来，高声说："好了好了，官人说什么胡话，你不是好端端地躺在自己的床上吗？"许仙看了看四周，又突然想起刚才看到的白蛇，吓得不知道说什么好了。还好白娘子早有准备，对许仙说："官人，刚才伙计们都发现了一只苍龙，想必官人也正是看到它才吓得晕了过去吧。这苍龙出现可是好事情呢，看来许家要兴旺发达了。"许仙听后，再看看长得如花似玉的白娘子，怎么也不相信她就是那条蛇，就相信了白娘子所说的话。

谁知一波不平一波又起，就在七月十五这天，金山寺做盂兰盆会，许仙和一群人去上山烧香，结果被法海抓了起来。原来法海为了制伏白娘子，便要许仙拜他为师，许仙不从，法海就命手下把许仙关进了禅房。

再说白娘子在家里等着许仙，转眼已经三天过去了，掐指一算，知道了是法海在那里作梗，便和小青二人来到了金山寺。来到寺门口一看，那寺门早已关得紧紧的，进不去。法海身披风火袈裟，手里拄着青龙禅杖，居高临下，严阵以待。

小青一见法海，便开口骂道："秃驴，你凭什么拆散人家夫妻？快把许官人交出来。"白娘子倒是客气地说："长老，我与许仙是结发夫妻，如今我已身怀六甲，请长老网开一面，放了许仙，让我们夫妻团聚。"法海冷冷地看着白娘子，说道："你这个孽畜，本是修炼千年的蛇妖，如今却在此迷惑凡人，真是大胆包天。你的丈夫，已经拜在老衲名下，出家做和尚了，你若能改过自新，老衲就放你一马，若仍执迷不悟，就休怪我无情！"白娘子愤怒地说道："虽然我是蛇妖，但从来没有害过人，如果今天你不放了许仙，我就要水漫金山，把你们这些臭和尚统统淹死。"

说罢，白娘子便作起法来。只见天上乌云翻滚，狂风四起，电闪雷鸣，下起大雨来。大雨越来越大，地上的水也越来越多。眼看金山寺就要被淹没在大水之中，只见法海把风火袈裟朝山头一披，这风火袈裟竟然变成了一道长堤，把大水都挡在了金山寺的外面。就在这时候，白娘子动了胎气，一时间直冒冷汗，手抚着腹部，忍不住呻吟起来。小青一见情况不妙，便对白娘子说："姐姐，如今你有了六个月的身孕，怎经得起这般折腾，不如我们先走吧，回去好从长计议。"说着，就带着白娘子飞走了。金山寺外面的漫天大水也就渐渐地退去了。

（五）断桥相遇

却说许仙在白娘子水漫金山的时候正被法海关在禅房之中，逼他每天念经。许仙一边念经，一边想念着身怀六甲的娘子，不禁流下了眼泪。这时候，寺里的一个小和尚来给他送饭，许仙一把拉住了小和尚的手，说道："小和尚，我与娘子本是一对恩爱夫妻，那法海硬要拆散我们，我求求你，放我出去吧。我娘子已经有孕在身，不能没有我啊。"这小和尚也是个好心肠，看着许仙这么可怜，就打开门锁，把许仙放了出来。许仙对小和尚千恩万谢后，擦了一把眼泪，就连忙逃走了。

许仙从金山寺逃出来以后，不知不觉就走到了西湖的断桥边，看着与白娘子初次相遇的地方，不由得触景伤情。许仙两行热泪不由自主地滚落下来，呼喊起来："娘子啊娘子，你在哪里？"说来也巧，白娘子水漫金山后，也来到了杭州西湖，姐妹二人正在断桥边的一个亭子里休息，忽听远处有人喊娘子，只觉得那声音十分熟悉，再仔细一听，果然是许仙。

白娘子一见许仙，心里很是难过，她满含深情地叫一声："官人，你受苦了。"

许仙见白娘子非但没有责怪他，反而为他感到难过伤心，就更加自责了。白娘子长叹一声说道："官人，事到如今，我不能再隐瞒你了。我本是峨眉山修炼千年的蛇仙，为了报恩，才千里迢迢来到西湖找到了你。如今我的心愿已了，倘若你有半点不愿意，我是绝不会来勉强你的。"许仙听了这番话，心中已经不再惊讶，想想自己和娘子一起走过了这么多风风雨雨，虽然她不是人间女子，但从来没有害过人啊，就斩钉截铁地说："我和娘子的夫妻情，海枯石烂，永不变心！"

许仙接着说道："娘子，看来镇江我们不能回去了，这样吧，我们先去投靠在珍珠儿巷的姐姐，再一切从长计议。"说罢，许仙、白娘子和小青三人就风尘仆仆地赶到了珍珠儿巷，敲开了许仙姐姐家的大门。

日子过得真快，白娘子生下了一个白白胖胖的男孩。转眼间，已经到了给孩子办满月的时候了。这天，清早起来，全家上下就里里外外忙个不停，在家里摆起了"满月酒"。白娘子这天的精神也格外好，在房间里忙着梳妆打扮。许仙看着眼前花容月貌的娘子，忽然又想到一件事。许仙心想：自打成亲起，自己就没有给娘子买过一件像样的首饰，真是委屈了她了。想到这里，许仙一转身，就匆匆忙忙地出门了，原来他是要给白娘子买几样首饰回来。

刚走出大门，就听见巷口有人叫卖："卖金凤冠罗！"许仙一听，喜出望

外，再看那金凤冠，果然很漂亮，就毫不犹豫买了一顶，一路跑回了家。白娘子见许仙买了个这么漂亮的金凤冠，就迫不及待地戴在了头上。谁知这金凤冠好似一个紧箍咒，只觉得越箍越紧，连忙伸手去脱，却怎么也脱不下来，只觉得眼前一黑，就倒在了地上。

这时候，卖金凤冠的人也跟了进来，摇身一变，就变成了一个胖和尚，这和尚不是别人，正是

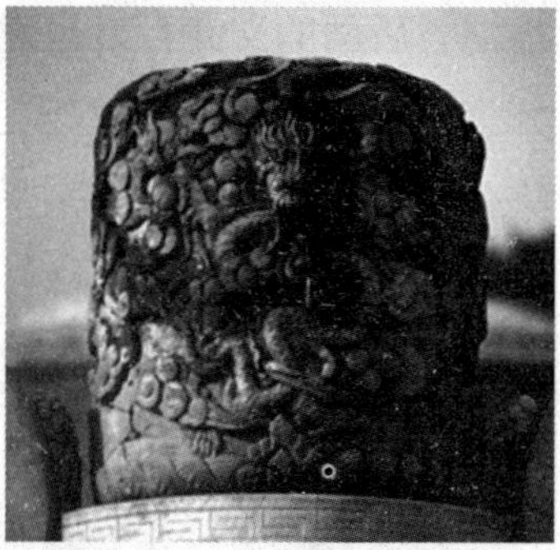

他们的冤家对头法海。只见法海开始念咒，那箍在白娘子头上的金凤冠顿时变成了紫金钵。紫金钵放出万道金光，把白娘子团团罩住，这时，白娘子的身体越变越小，终于变成了一条白蛇，被法海收进了紫金钵之中。

之后，法海又在净慈寺的雷峰顶上造起了一座塔，这就是有名的雷峰塔。白娘子就被法海压在了雷峰塔下。许仙赶来恳求法海放了白娘子，谁知法海和尚冷酷地说道："只有等到雷峰塔倒、西湖水干的那一天，白素贞才能够出来！"

（六）雷峰塔倒

却说白娘子被压在雷峰塔下之后，许仙万念俱灰，削发做了和尚，在金山寺跟随法海修行。那刚满月的孩子就交给了许仙的姐姐抚养，取名许仕林。再说小青，自从回到峨眉山，就在峨眉大师的亲自指点之下，苦练三昧真火，一心一意要救出白素贞。

小青终于练成了三昧真火，就向师父辞行。峨眉大师对小青说："想我徒儿在山中苦练十八年，无非是为了救出你的结拜姐姐，真是功夫不负有心人，如今有了这三昧真火，对付法海想必是有把握的。可是你别忘了，法海手里还有三件法宝，那可是当年如来佛送给他的，法力无边啊，恐怕你不好对付了。不如你先去西天，找如来佛祖，求他帮帮你吧。"小青一想，事到如今，也只有这个办法了，就告别师傅，腾云驾雾，朝西天飞去。

小青来到西天，就把法海拆散许仙与白娘子的事情一五一十地告诉了如来佛。如来佛想：虽然这白素贞是千年蛇妖，可十八年前行医施药也积下不少功德，况且佛门一向以慈悲为怀，主张普度众生，助人为乐，这该怎么办呢？小青接着说道："佛祖，小青说的句句都是实话，如若不信，可以到杭州城里去打听打听，那里的善男信女都在虔诚祷告，希望雷峰塔能够早一天倒掉，好让白娘子一家团圆呢。"如来佛这时也责怪自己当初的粗心大意，给了法海三样法宝，才让他这样肆无忌惮、为所欲为。于是，如来佛只好和小青来到雷峰塔。

如来佛与小青赶到雷峰塔的时候，只见一个穿着状元服的年轻男子正跪在塔前，后面的文武百官也跪了一地。原来，这次的新科状元正是许仕林。仕林知道了自己的母亲正被压在雷峰塔下，就决定要跪到白素贞出塔为止。这时，许仙的姐姐和姐夫也赶来了，对仕林说："仕林，我们听说你一回来就来祭塔了，就赶过来了，怎么样？还好吧？你娘在塔里已经知道你是个最孝顺的孩子了，快起来，我们回家吧！"仕林摇了摇头坚定地说道："要是我娘不能出塔，我就长跪不起！"

许仕林的一片孝心感动了如来佛祖。如来佛召唤出法海，对他说："现在命你放白素贞出塔。"众人一见如来佛现了真身，还解除了对白素贞的禁锢，连忙磕头谢恩。法海不敢违背如来佛的命令，连忙作法，只听得"轰隆隆"一声巨响，在围观百姓的欢呼声中，那雷峰塔居然一下子倒塌下来。只见一阵金光从塔基冲出，白娘子就从塔中飞了出来。

白素贞一出塔，立刻跪倒在地拜见如来佛祖。如来佛对她说："你与许仙尘缘未了，你可前往金山寺接他回家团圆。""谢如来佛祖！"众人连忙叩首谢恩。说罢，白娘子与小青一行人就去了金山寺，把许仙接了出来。

他们一家人历尽了千辛万苦，终于团聚。从此以后，这个动人的故事就在民间流传开来了。

八仙故事

在中国众多的传统民间传说故事中，八仙传说流传很广，影响很大，其与孟姜女传说、白蛇传传说、牛郎织女传说、梁山伯祝英台传说等成为老百姓茶余饭后津津乐道的话题。经过漫长的发展和演变，八仙传说跟许多著名的民间传说故事一样，也早已跨越民间文学的界限，成为我国小说、戏剧、曲艺、电影、绘画、雕塑等文艺创作的题材，因而家喻户晓，深入人心。

一、八仙过海的故事

中国是一个传统文化非常浓厚的国家，民间传说故事丰富多彩，在这琳琅满目的传统民间传说故事中，八仙传说流传很广，其影响之大，与被誉为"中国四大传说"的孟姜女传说、白蛇传传说、牛郎织女传说、梁山伯祝英台传说不相上下，同时也与包公、杨家将等传说一样成为老百姓茶余饭后津津乐道的话题。经过漫长的发展和演变，八仙传说跟许多著名的民间传说故事一样，也早已跨越民间文学的界限，成为我国小说、戏剧、曲艺、电影、绘画、雕塑等文艺创作的题材，因而家喻户晓，深入人心。

八仙过海的故事

过去每年过春节都要挂年画，杨家将、穆桂英挂帅等，很多色泽艳丽的图画成为中国人庆祝喜庆节日的最爱。当然八仙过海的故事也是其中的主题，八仙的故事是源远流长的，版本也很多，我们就拿其中的一个说给大家听。

话说天宫里有一处蟠桃园，几千年才会结一次果，而且每一颗蟠桃都硕大肥美。这一天，蟠桃园里的蟠桃成熟了，王母娘娘就邀请道教的八位神仙赶赴天庭来参加这个蟠桃盛会，共享这肥美的果实。这八位神仙在人间行侠仗义，帮助百姓，很受百姓的爱戴。他们分别是：铁拐李、汉钟离、蓝彩和、张果老、何仙姑、吕洞宾、韩湘子、曹国舅。

八仙收到邀请后非常高兴，便相约一起去。神仙当然不能像我们一样步行了，更不用什么车啊船啊的那么费事了，只要乘云驾雾就可以了。于是，他们便一同相约来到了东海边。只见这时的东海浪掀起老高，直扑空中，打得这几位仙人也要站不稳了，神仙们都想快点赶到吃蟠桃地方，谁也不愿意在这吹冷

风，于是都纷纷跳上去准备接着赶路，可这时吕洞宾却说了："驾云过海哪个神仙都会，这不算本事。我看咱们今天不如都拿出自己的看家本领，踏浪过海，各显神通，你们看这样好不好？"那七位神仙一听："好啊！我们今天就比一比，就当是为吃蟠桃助兴了。"于是各位神

仙就纷纷从云彩上下来，都想显示显示自己的看家本领。

要说这神仙的脾气秉性可不一样，这铁拐李看来是急脾气，没等大家准备好呢，就见他把手中的拐杖"刷"的一下扔东海里去了，眼看那拐杖一落到海里，就像一艘小船一样浮在水面上了，铁拐李飞身一跃，跳上小船，小船就载着他平平安安地到达了对岸。汉钟离看着一眨眼的功夫铁拐李已经到对岸了，心想我也不能再等了，就拍了拍手里的响鼓说："我来啦！"说着也把响鼓扔进了海里，他却盘腿坐到了鼓上，就这样也稳稳当当地渡过了东海。眼看着两位神仙已经过去了，张果老却不以为然，他笑眯眯地说："这算什么啊，你们看我的，还是我的招数最高明。"众神仙正奇怪呢，这张果老两手空空也没什么宝物啊？正纳闷儿呢，只见张果老掏出一张纸来，三下两下就折成了一头毛驴，这纸驴四脚一落地就仰天一声大叫，没等众神仙明白过来呢，张果老便倒骑在驴背上，这毛驴便驮着张果老来到了海上，要说这纸毛驴还真是神奇，走在海面上就像走在平地上一样，张果老向众仙挥手的功夫就到了对岸。

岸上的其他几位神仙一看这情形，兴致也都来了，谁也不甘心落后，就都使出了看家本领，只见吕洞宾乘着自己的那把宝剑在水面上像鱼一样游着、韩湘子吹着笛子宛若天籁之音、何仙姑端坐莲花上、曹国舅踩着玉板也都平平稳稳地渡过了东海。

不知道大家看到这看出点门道没有，到现在为止，过海的神仙才七位。这七位仙人到了对岸，左等右等就是不见蓝采和的人影。刚才还在呢，他这是去哪了？

原来，刚才八仙过海时，只顾自己高兴了，没想到动静有点闹大了，惊动了东海龙王的太子，这太子的脾气还挺大，一气之下，就派虾兵蟹将抓走了蓝采和，还抢去了他的花篮。

王母娘娘是请八位神仙一起去赴蟠桃会的，半路上丢了一位这可怎么办？再说八仙也咽不下这口气，于是大家就去找这东海龙王要人去了。来到了龙宫，却到处找不到蓝采和，刚才说了铁拐李是急脾气，吕洞宾也是个急性子的神仙，没找到蓝采和他是又急又恼，对着东海就喊上了："龙王听着，赶快把蓝采和

八仙故事

交出来，要不，当心我的厉害！"估计这老龙王是太老了，耳朵不怎么太好用，没听到他喊，可太子却听到了，太子听了这话后是勃然大怒，冲出海面就大骂吕洞宾。这两个人是谁也不服谁，吕洞宾看太子出来不仅不交人还大骂自己，心里的火就怎么也压不住了，拔出宝剑就砍，太子一看这阵势，就像条鱼一样一下子潜入了海底。吕洞宾这个气啊，心想，我看你往哪跑？拔出腰间的火葫芦扔进海里，这一下整个东海就都被烧成了一片火海。龙王吓得魂不附体，连忙问身边的虾兵蟹将："这出了什么事？"太子一看这阵势再不说实话这龙宫大概就要不保了，也不敢隐瞒，只得老老实实地讲出了事情的经过。老龙王听后立即下令放了蓝采和。

就这样，八位仙人告别了东海，逍遥自在地赴蟠桃会去了。这神仙赴个宴请都要闹出这么大的动静来，这就是八仙过海的故事，在中国是家喻户晓的神话传说了。那么，八仙传说又是怎么来的呢？八位神仙又都是什么样的神仙呢？各自又有哪些奇异的故事和本领呢？让我们接下来慢慢地来讲吧。

二、八仙传说的起源及形象来源

（一）八仙传说的起源

"八仙过海，各显神通"这个成语，在中国几乎人人皆知，人们把这个典故用来比喻那些依靠自己的特别能力而创造奇迹的人。提起八位神仙，差不多每个人都能随口说出一些他们的小故事，在中国老百姓的心中，神仙也有好有坏，也有他们喜欢和不喜欢的，而八仙就是中国老百姓喜欢的神仙，因为他们好打抱不平，惩恶扬善。那么，八仙在历史上是否真有其人，八仙的神话传说又是怎样演变的呢？

据研究，我们今天习惯用的"八仙"这个词，其实比铁拐李等八个人物的出现要早得多，他们认为，最早在汉代的时候就已经有"八仙"这个词了，只不过当时是说汉晋以来神仙家所幻想的一组仙人，等到盛唐时期还有"饮中八仙"，一直到了汉唐时期，"八仙"的提法还与铁拐李、汉钟离等有名有姓的我们今天所熟悉的这八位神仙没有什么直接的关系。而我们现在公认的铁拐李、汉钟离、蓝采和、张果老、何仙姑、吕洞宾、韩湘子、曹国舅这八位神仙，好像是到了明代中期才正式确定下来的。

另外在八位神仙的确立上，也是经历了一段变化过程的，曾经还出现过重男轻女的现象，这可能也跟中国社会的思想相关。据赵景深的《八仙传说》指出，在元代，甚至在明代前期，八仙究竟是哪几位，还没有一个明确的定论。在元代戏剧家马致远的《吕洞宾三醉岳阳楼》中，虽然是写了八位神仙，但是却没有何仙姑的名字，代替她的是一个叫徐神翁的。而且在另一些戏剧中，有时代替何仙姑的是一个张四郎的；或者有时虽然是有了何仙姑，却又缺了曹国舅；或者有时缺了何仙姑和张果老，但却多了风僧寿、元壶子。反正总是变动，不是缺这个就是多那个，就这样一直到了明代吴元泰的《东游记》和汤显祖的《邯郸梦》问世之后，八仙才按照现在流行的内容固定下来。

那么，这八位神仙是人们凭空杜撰出来的还是有历史人物为依据的呢？在中国的神话传说中，人们往往是把神仙与生活中的人物联系起来，好像这样会觉得神仙与自己比较接近，有一种亲切感。

翻看一些史料，我们会发现，这八位神仙还是有一定的历史原型为依据的，只是在具体的与几位历史人物的对应上，说法一直不能统一。比方说铁拐李，有好多种说法，有说他姓李叫洪水，隋朝峡人的，还有人说他原来姓刘的，甚至还有人书说他姓岳、姓姚等等。甚至鲁迅对这位神仙也表示出自己的兴趣，在他的《中国小说史略》第十六篇《明之神魔小说》中，鲁迅说铁拐李姓李名玄。

对于倒骑毛驴的张果老，在历史上姓甚名谁人们也一直比较感兴趣。关于他的事情，早在唐代就有人做过专门的、详细的记载。说他这个人，经常自己说自己是尧那个时代就出生了的，是长生不老之人，因此当时的人谁也不知道他的籍贯和生年，甚至当时的武则天、唐玄宗似乎都信以为真，派使者去请他出山，出入宫廷等等。

至于八仙中唯一的女性何仙姑，虽然我们知道她能在八仙中站住脚是颇费了些周折的，但历史上对她的事迹也有记载，最早的是宋代的《集仙传》，那里面说她是唐代零陵地方的人，还有记载说她是武则天时代的人，出生在今天的广州增城，本就姓何。

至于那位吹箫的韩湘子，名气就更大了，按今天的说法是名门之后了，有史料说他是大名鼎鼎的文学家韩愈的侄孙，曾经考过进士做过官。

如果说韩湘子是八仙中出身书香门第的话，那么曹国舅则属于出身达官显贵了。有说他是宋时丞相曹彬的儿子、曹太后的弟弟，但《宋史》当中记载曹彬的儿子、曹太后的弟是叫曹佾，而且也没有过得道成仙的事。关于这位国舅爷出身的文献记载比较少，因此这位神仙到底历史上有没有这个人，这个人的真实身份是什么样子，现在都无从得知。

除了以上几位，历史上的一些研究者对他们的出身进行探讨外，有人说，吕洞宾、汉钟离、蓝采和这三位是老百姓按他们的心理需要想象出来的。但也有人不同意这样的说法，认为这三位

在历史上也是有案可查的。

在八仙的来历中，故事最多、分歧最大的是吕洞宾。大多数研究者认为，吕洞宾姓吕名岩，是唐代人。有说他的祖上做过大官的，也有说他考进士没有考取的，也有人说他考上了进士并且当了县令的；有说他是唐朝关西地方人的，也有说他是唐京兆地方人的；甚至说他活了一百多岁的。

甚至关于他的字"洞宾"，还有一段有趣的传说。据说他因为时局混乱，看破红尘，于是就辞去了官职带着老婆隐居去了，夫妻俩不怕艰难住在山洞中却相敬如宾，因此得名叫"洞宾"，这也算是一段佳话了。

汉钟离，有记载说他号和谷子，曾经遇到过一位神秘的老人传授仙诀，后为了传道上了崆峒山。也有记载说他是汉代大将钟离权，后又有人附会说他是汉代将军钟离昧，越说越悬。

关于蓝采和，大文学家陆游在《南唐书》中对他有过记载，说他是唐代末期隐士，传说他盛夏穿着絮衫，冬天却常常躺在冰雪当中，而且还经常在长安闹市中带醉踏歌，自称蓝采和。到了元代，有一出杂剧叫《蓝采和》，里面却说他原名叫许坚，蓝采和只是乐名，但是没能最终确定下来。

从以上的介绍中，我们可以看到，八仙的来历，实际上历代人们都很关注，历史上已经有不少的学者给以注意和考证。但在这个过程中，由于各种原因，关于八仙的来历，意见一直不能统一，甚至有的说法明显存在牵强附会之意，我们不能全然相信。正像鲁迅在《中国小说史略》中，对八仙的故事作过评价那样，这些故事最初是由流传在人民口头上的一些民间故事结集起来的，但在社会上影响很大。

（二）民间的不同说法

其实在历史上，除了我们现在大家所熟悉的八仙之外，中国历代至少还有两套"八仙"的组合，说起来也都很有意思。

最早的是六朝时代的"蜀中八仙"，也就是容成公、李耳、董仲舒、张道陵、严君平、李八百、范长生、尔朱先生等八人，道教传说他们均在蜀中得道成仙，因此，谯秀的《蜀记》一书中，把他们称为"蜀之八仙"。另外，在唐代，还有八位因为都喜好饮酒而成为挚友的士大夫，他们是李白、贺知章、李适之、汝阳王琎、崔宗之、苏晋、张旭、焦遂。《新唐书》中称他们为"酒八仙人"。他们的酒友诗谊已成为千古佳话。如一仙贺知章，说他是"知章骑马似乘船，眼花落井水底眠"；二仙汝阳王琎是"恨不移封向酒泉"；三仙李适之是"饮如长鲸吸百川，衔杯乐圣称避贤"；四仙崔宗之是潇洒美少年，但也"举觞白眼望青天，皎如玉树临风前"；五仙苏晋长斋绣佛前，醉中往往爱逃禅"；最妙的是六仙李白，杜甫说他是"李白斗酒诗百篇，长安市上酒家眠。天子呼来不上船，自言臣是酒中仙"；七仙"张旭三杯草圣传，脱帽露顶王公前，挥毫落纸如云烟"；八仙"焦遂五斗方卓然，高谈阔论惊四筵"。

看这八位，真是个个潇洒，才气逼人，酒让他们变得更加可爱。

我们熟悉的八仙直到明代才确定下来，应该是最晚的一套八仙组合。传说八仙分别代表着男、女、老、少、富、贵、贫、贱，由于八仙均为凡人得道，所以个性与百姓较为接近，为道教中相当重要的神仙代表，中国许多地方都有八仙宫，迎神赛会也都少不了八仙。俗称八仙所持的葫芦、扇子、花蓝、鱼鼓、荷花、宝剑、笛子、玉板等八物为"八宝"，代表八仙之品。文艺作品中以八仙过海、八仙献寿最为有名。现在在西安市还有八仙宫（古称八仙庵），其主要殿堂八仙殿内供奉八仙神像。

中国古代民间传奇

三、八仙的故事

（一）汉钟离潜心学道

汉钟离在八仙中地位较高。汉钟离成仙的传说在民间还是很有意思的，传说他刚出生时，天空中出现数丈高像烈火一样的奇异光，他生下来后不哭也不吃，等到第七天的时候突然站起来，对旁边的人张口说："我是身游紫府，名书玉京"，让在场的人吃惊不已。

出生异常的果然不是凡人，他长大后做了将军，带兵打仗。没想到他的才能却招致嫉恨，在征讨吐蕃中，他的上级怕他功高盖主，就有意识配给他三万老弱残兵，结果刚到达目的地就被吐蕃军给劫营了，这三万老弱残兵落荒而逃。汉钟离没办法也只好逃命，好不容易逃到一个小山谷，没成想却中途迷路了。吉人自有天相，正在不知道如何是好的时候，来了一个胡僧把他带到一个小村庄，对他说："这就是东华先生的住处了。"然后就扔下汉钟离走了，汉钟离也不知道这是哪，更不知道那个带他来的人是谁，正在迷茫的时候，隐隐约约听到有人说到："竟有凡人来我住的地方，定是那绿眼睛的胡人多嘴。"话音未落，只见云雾中走出一位老人，披着白色的鹿裘，扶着青色的藜杖，真是一副仙风道骨，不等汉钟离明白呢，老人就问道："来的就是吃了败仗的汉钟离？"汉钟离听了这话，大吃一惊，心想这是遇上神人了，就立即上前跪拜，向神仙表达了诚心学道的愿望，老人说："你能来到这个地方自是前生道行积累的机缘了。"就收了汉钟离了。前面说过，这汉钟离出生时就与凡人不同，自幼聪慧过人，所以没过几天就学会了很多真经大法，后来汉钟离又经过其他神仙的点化，学会的仙术也越来越多，终成正果。玉皇大帝感念他在凡间所作功德封他为"太极左宫真人"。

（二）铁拐李学道终南成正果

铁拐李学道成仙的故事说来很有意思。传说他原来长得一表人才，仪表俊

 八仙故事

伟，在终南山学道，会使导出元神法术，有一次，应师傅老子的邀请去华山。几天后回来时，没曾想他那具没了灵魂的尸体被老虎给吃了；还有一种说法是临走时，他跟徒弟说，我出去七天后游魂必当返回，如果到七天没有回来，你就把我的躯壳烧了就行了，说完就走了，不料到第六天，徒弟的家人捎信说老母亲病危，徒弟一听便坐立不安，急着要回去看望，可师傅还没回来，徒弟左等右等，好不容易熬到第二天中午，也不见其元魂归来，无奈之下，只好将他的肉体火化，回家尽孝道去了。不久他的元魂赶回砀山洞，一看自己的肉身没有了，自己的元魂没处投靠了，好似孤鬼游魂，正在焦急之时，恰好有一个跛脚的乞丐刚死，没办法他就只好把元魂安放在乞丐的尸体中，等他站起来以后，才发觉有点不对，急忙跑到河边一照，只见水中映出一人：蓬头卷须、黑脸巨眼，并且还跛了一只右脚，模样十分丑陋。他大吃一惊，急忙从葫芦里倒出老君送给他的仙丹，一口吞下，结果这老君送仙丹一点效果也没有，正在他不知所措时，突然听身后有人说道："草脊茅檐，毁窗折柱，此室陋甚，何堪寄寓！"回头一看，原来是太上老君。一听这话，他顿时觉得自己借的这副躯壳实在是太丑陋了，就想立即将元魂跳出来，老君急忙制止他道："道形不在于外表，你这副模样挺好。我赠你金箍束你的乱发，铁拐拄你的跛足。只要功德圆满，便是异相真仙。"于是他按照老君所言，用手捂住两眼，守住魂魄，并自号李孔目。这便是世称铁拐的来历。

得到太上老君的赠送之后，铁拐李就下山重新修道，终于将借身修成了正身。

（三）吕洞宾黄粱一梦悟仙道

道教奉吕洞宾为纯阳祖师，就是世人称作的吕祖。关于他的传说可能是最多的了。他的出身也很神奇，都说他出生在林檎树下，出生时异香扑鼻，空中伴着仙乐，一只白鹤自天而下，飞入他母亲的枕头便消失了，然后胎儿降生了。出身这样神奇的吕洞宾自然是气宇非凡，还很小的时候就极其聪明，被邻里称作神童。

长大后的吕洞宾，也算是一表人才，但有些奇怪的是，已经20岁了却不娶妻，这在当时算作奇人了。而且吕洞宾的运气看来好像也不怎么好，考了好多年的进士却始终没有考中，这对这位小时就日诵万言的神童来讲，真是打击太大了。吕洞宾万念俱灰，决心不再考了，一个人出去游览一下，解解心中的烦闷。

让吕洞宾自己也没有想到的是，这一次游览却改变了他的命运。有一天，在长安的一座酒楼中，满腹郁闷的吕洞宾看见一位书生模样的人正在墙上题诗，吕洞宾见他状貌奇古，诗又写得很有些超脱的意思，就忍不住上前跟他攀谈起来，知道这就是那么有名气的仙人汉钟离了，两个人就聊了起来，聊得还真是很投机，这时吕洞宾没想到汉钟离说道："我就住在终南山的鹤岭，你想跟我一起去吗？"这时的吕洞宾虽然向往神仙的生活，屡试不第的打击也让他挺郁闷，但毕竟还是凡心未了，所以想来想去，还是谢绝了汉钟离的邀请，没有答应。看这情形，汉钟离也知道这是时机没到，于是便说："这样吧，你看我们也是很投缘，不妨我们一同好好游历一下长安，感受一下这长安的繁华好不好？"这话正中吕洞宾下怀，自己一个人游历也是了无乐趣，有这样一个谈得来的朋友做伴同游岂不正好？于是便欣然答应。

自此，两个人便整天流连于市井之中，真是个好不快活，大有相见恨晚之意，到了晚上，汉钟离和吕洞宾一同留宿在酒肆中。汉钟离对他关怀照顾得是无微不至，他累了，汉钟离就专门为他做好吃的等他醒来吃。天天这样尽兴游玩，吕洞宾仿佛真的忘记了人生的烦闷了，感觉这样的日子也真的挺好。

有一天，吕洞宾感觉累了就又自顾自睡去了，汉钟离依然在为他做饭。俗话说，日有所思，夜有所梦，虽然连日来与汉钟离在一起仿佛过得神仙一般的日子，但是毕竟他还是凡心未了，屡试不第始终让他不能释怀。所以这天，刚一睡着，就做上梦了，而且还是个美梦。吕洞宾梦见自己不仅考中而且还是状元，一时间文武百官都来祝贺，他自己也借着喜气娶妻生子，日子过得还真是红火，子孙满堂，享尽荣华富贵。可惜好景不长，忽然间不知道什么原因就莫名其妙地获了重罪，万贯家产被没收得一干二净，妻离子散，到最后孑然一身，穷困潦倒，一个人孤苦伶仃的只能站在雪地中瑟瑟发抖，真是感觉叫天天不应叫地地不灵。吕洞宾刚要叹息，却突然被惊醒，醒来后还觉得自己有点迷迷糊糊的，还在为梦里的际遇感慨。汉钟离看到他这个样子不禁笑了。这时汉钟离做的饭还没熟，于是汉钟离就题诗一首："黄粱犹未熟，一梦到华胥。"吕洞宾一看题诗大惊："难道你知道我的梦？"汉钟离说："你刚才在梦里，经历了人生的起起伏伏，看尽了人情百态，也享尽了荣华富贵，但是五十年的时光也就是一刹那呀！你得到的不值得高兴，你失去的也没必要伤悲，人生不就像一场梦么？"听汉钟离这样一说，吕洞宾觉得好像忽然间看明白了一切，于是下定决心随汉钟离赴终南山鹤岭，并最终得道成仙。

其实关于吕洞宾老百姓最熟悉他的还是那句俗语，就是"狗咬吕洞宾，不识好人心"。有人解释说，这句话是狗对吕洞宾先后身着不同服饰的不同反映，是影射某些人士对贫富两种人的不同嘴脸，但这样解释的话，那又跟"不识好人心"又有什么关联呢？好像有点解释不通。其实关于这句俗语，还有另一个版本，这就是一个有意思的小故事了。

说这吕洞宾在被汉钟离点化成仙之前，有个叫苟杳的同乡，从小父母双亡，家境十分贫寒。吕洞宾看到他的状况非常同情他，两个人也是志趣相投，于是就结拜为兄弟了，祖辈留下了些家产，虽然屡试不第，但天天会客访友，游山玩水，日子过得倒也逍遥自在。既然现在与这苟杳结拜为兄弟了，自然是要请到家里来住的了，而且吕洞宾还希望他能刻苦读书，以后好有个出头之日，也算了了自己心愿。这苟杳搬来吕家后，每天就是读书，二人谈天说地的，倒也过得平静。

有一天，吕洞宾家里来了一位姓林的客人，见苟杳一表人才，读书又很用功，就有意把妹妹许配给他，就把这想法对吕洞宾说了，并且问吕洞宾行不行，吕洞宾把苟杳接家来的目的就是希望他有个好前程，现在前程的事还没怎么样呢，这提亲的先来了，吕洞宾怕耽误了苟杳的前程，便连忙推托，可没想到一

旁的苟杳听了却动心了，就对吕洞宾说，自己想订这门亲。

苟杳这样一请求让吕洞宾有点为难，但自己毕竟只是他的结拜兄弟，再说苟杳要成亲也不是什么不应该的事，自己也不能不同意啊，想来想去，吕洞宾对苟杳说，这样吧，林家小姐貌美贤惠，既然贤弟想娶，我也不阻拦你，不过有个条件，你成亲之后，我要先陪新娘子睡三宿。苟杳一听不禁愣住了，哪有当哥哥的提这样要求的？但他实在是太想娶这林家小姐了，况且哥哥对自己也有恩，思前想后，咬咬牙还是说要娶。

转眼到了苟杳成亲这天，吕洞宾是喜气洋洋，再看苟杳却不怎么高兴，好像觉得没脸见人一样，后来干脆躲到一边不露面了。等到晚上，客人都散去了，该洞房花烛夜了，新娘子披着盖头倚床坐着等新郎官。苟杳记得先前的约定，早就不知道跑哪去了，吕洞宾也没管苟杳去哪了，径直闯进洞房，进门也不说话，只管坐到桌前灯下，埋头读书。可怜那林小姐满心欢喜在等新郎官，可等到半夜，丈夫就是不上床，又不好过来叫，就只好自己和衣睡下。等到天亮醒来，丈夫连影都没有了，一连三个晚上都是这样，林小姐也没有办法只好忍着。

苟杳好不容易熬过了三天，第四天晚上早早地就进了洞房，他看见新娘子正一个人在那伤心落泪呢，心想这新娘子受委屈了，便连忙上前赔礼，林小姐一看丈夫跟自己开口说话了，便一边哭一边问到："夫君为什么连续三个晚上天黑才来，天亮就走，来了就是读书也不上床睡啊？林小姐这一问，立刻让苟杳目瞪口呆，过了好半天，他才醒悟过来，双脚一跺，仰天大笑，原来是哥哥怕我贪欢，忘了读书，用此法来激励我。林小姐被苟杳说得丈二和尚摸不着头脑，等苟杳说明经过，这夫妻两个才高兴起来，一起说道：兄长的恩情，我们将来一定报答！

从此，夫妻二人夫唱妇随，苟杳读书越发地勤奋，几年后，苟杳不负吕洞宾的苦心，果然金榜题名做了大官，夫妻俩千恩万谢地与吕洞宾一家挥泪告别上任去了。时间一晃又过去了8年。这吕、苟两家倒也没什么太多的来往。

可谁知天有不测风云。这年的夏天，吕家不慎失了大火，偌大一份家产，倾刻间便化成一堆灰烬，吕洞宾只好用残留的破瓦烂砖搭了一间茅草屋，一家老小都在里面躲风避雨，日子过得非常艰难。因为吕洞宾一直没有做什么事，这场大火对于他来讲等于是灭顶之灾了，没办法，夫妻俩就商量去找苟杳帮忙。一路上吕洞宾历尽千辛万苦，终于找到了苟杳府上，苟杳一看吕洞宾来了，立即把林小姐叫出来拜见兄长，好吃好喝的招待，那真是热情得没法形容。听说吕家遭了大火，两口子也难过得落泪，可就是谁都不提帮忙的事情，就这样一连住了一个多月，愣是一分钱也没有给吕洞宾，吕洞宾越住越觉得着急，想想家中的妻儿吃了上顿没下顿的正等着他拿钱回去呢，更是急得不得了。吕洞宾越想越生气，心想，这苟杳当官了，忘恩负义了，于是一气之下回家了。

可让吕洞宾没想到的是，等他回家时发现，家里盖了新房。他很是奇怪。老婆哪来的钱盖得新房子呢？他正要迈进家门，却见大门两旁贴着白纸，这就是说家中死了人了！这可让他大吃一惊，他三步并作两步跑进屋里，却见屋内当中摆着一口棺材，妻子正披麻戴孝号啕大哭呢。吕洞宾愣了半天，心想，老婆是哭谁呢？忙上前叫了一声。没想到吕洞宾的老婆回头一看，竟然吓得话都说不出来了，指着吕洞宾，哆哆嗦嗦地叫道："你，你是人还是鬼？吕洞宾听老婆这样问更不明白了，就问到："你怎么这样问呢？你看我这不好好地回来了么，怎么会是鬼呢？"听他这样说，他老婆才敢仔细地端详起来，这才认出还真是吕洞宾。

原来，在吕洞宾去找苟杳后不久，就来了一帮人来给他家盖房子，这些人来了后什么话也不说，盖完房子就走了。前天中午，又来了一大帮子人，抬着棺材进来了，只说吕洞宾在苟杳家病死了。吕洞宾的老婆一听自己的男人病死了，想都没想就哭上了。吕洞宾一听，立即明白这是苟杳玩的把戏。他心里这个气啊，走近棺材，操起一把大斧就向棺材劈去，手起斧落，棺材立即分为两半，只见里面金银珠宝散了一地，里面还有一封信，写道："苟杳不是负心郎，路送金银家盖房。你让我妻守空房，我让你妻哭断肠。"吕洞宾看完信后如梦初醒，他苦笑了一声："贤弟，你这一帮，可帮得我好苦啊！"

从此，吕苟两家倍加亲热，这就是俗话常说的"苟杳吕洞宾，不识好人心"的另一说法，因为"苟杳"和"狗咬"同音，传来传去便成了"狗咬吕洞宾，不识好人心"了。

在八仙传说中有关吕洞宾的传说是最多的，他一个人的故事大概就占了整个八仙传

中国古代民间传奇

说故事的三分之一。这些故事基本上都是按照文人或者具有文人气质的道士的形象来描绘吕洞宾的。其中，有一小部分是说吕洞宾得道成仙之前的事的，比如我们刚刚说过的他与苟杳的传说是说他和朋友的真挚友谊，还有的故事讲述他剑的来历，还有的传说讲他修炼时的心诚志坚和对师长的爱戴。这些传说都让我们了解了吕洞宾的性格，了解了吕洞宾

是和普通人一样有人情味甚至有时还很可爱，不像个神仙，倒更像个普通人。

　　等到吕洞宾得道成仙后，有关他的传说，内容就相当的丰富了。在《洞山剑峰》《纯阳村》里吕洞宾降伏妖魔，为民除害；在《盗玉簪》《瑶池会》里吕洞宾对抗天庭，战王母娘娘；《吕洞宾三醉岳阳楼》《三里寺》里吕洞宾救助忠良，造福百姓；而在《云门献手寿》《吕洞宾和白鹤楼》《张卖鱼得宝》里吕洞宾又大胆嘲弄权贵，鞭笞富豪；在《城隍山遇仙》《吴井水》《无理矮三分》里吕洞宾扶持正气等。总之，在这些作品里面，吕洞宾都是以一个善良、正直、潇洒、风趣的神仙形象出现的，应该说中国的老百姓还是比较喜欢他的。但是也有一些传说中写了他的缺点和毛病，比如说他轻薄、贪馋、卖弄才华、自负和固执等，在这类传说中，吕洞宾成了船夫，村姑以及落第秀才手下的败将，神仙还不如凡人高明。

　　其实吕洞宾原本是一个名不见经传的普通人物，但在民间长期流传中，他的故事却越来越丰富，这在一定程度上反应出中国老百姓的一个心理偏好，人们也是把自己的意愿和生活情趣寄托在他的行为上，这样才有了我们今天看到的吕洞宾的形象。

　　那么我们回过头来总结一下有关吕洞宾的传说，我们会发现，民间流传的吕洞宾传说有三个显著特点。一是儒、道、佛三教交融。吕洞宾修习法术，得道成仙，这是道教出世思想的表现。而他成仙之后却以"度尽天下众生"为己任，这又体现了儒家"兼济天下"的入世思想。而那长生于人世、乐于施舍的所作所为，又是佛教思想的反映；二是不断增加世俗化内容，如吕洞宾时常出现在酒楼、茶馆、饭铺等吃吃喝喝，到处留下仙迹。他还放浪形骸，不拘小节，好酒能诗爱女色，所谓"酒色财气吕洞宾"，又有关于"吕洞宾三戏白牡丹"的故事广泛流传，中华人民共和国建国后甚至有同名影片拍摄（白牡丹为当时名

妓），从这可以看出，这些传说都是广为人知的，这些世俗生活内容，不但没有使吕洞宾的神仙形象受到丝毫的影响，相反却使吕洞宾这位仙人更富有人情味，赢得了百姓喜爱；三是与文人传说相结合。吕洞宾修行出走之前的儒者经历，以及他饮酒、赋诗，追求山林的情趣，更适应了中下层文人的口味。在故事流传过程中，附合了许多文人传说因素，使他同时成为失意知识分子形象的神仙代表。这些特点也使得吕洞宾这个神仙的故事就像滚雪球一样越滚越多，因为不同阶层的人们都喜爱他，所以人们也就更愿意借助于他这一形象附会出更多的故事来。

中国古代民间传奇

（四）何仙姑食云母长生不老

何仙姑的形象是一位手持荷花的美丽女子，也有人说，因为她持荷花，所以才谐音为何姓。何仙姑在八仙中站住脚是很不容易的事，她是八仙中唯一的一位女性，关于她的身世现在有很多种说法。浙江，安徽，福建等地都说何仙姑是本地人，也有的传说她是一户何姓人家的女儿，在路上遇到一位仙人，这位仙人给了她一个仙桃（也有说是一枚仙枣），何仙姑吃了之后就成仙了，成仙后的何仙姑不知道饥饿，而且能预知祸福，并且身体非常轻盈，善于飞行；也有一种说法，说她是吕洞宾的弟子。说何仙姑13岁时遇到了道士吕洞宾，吕洞宾见她有仙缘，就前来点化她。后来吕洞宾还传给她修身之道，又送给她金丹服用，还拜见汉钟离，带她去蓬莱仙境参拜东王公、西王母。何仙姑经过吕洞宾的点化，更加静心修炼。

民间还流传着药农向何仙姑请教草药知识的故事。传说有一个在天台山采

药的药农，在山中采了几十年的草药，但是，满山遍野的草药中，他认识却不多。听说何仙姑是有名的药仙，住在山上桃源洞里，便翻山越岭，攀藤援岩地去拜见何仙姑，当他爬上四五十丈高峭壁上的一个山洞里时，果然看见何仙姑在和一个道人下棋。他耐心等到日落西山，两位仙人下完棋，回首看见他，何仙姑问他，这药农才敢说自己是来向何仙姑请教辨认药草的。何仙姑看他这样虔诚便带药农走

出山洞，药农看见不少奇花异草，都是名贵的草药，仙姑教他一一认识后，将草药结成马，用草马送药农回去。后来药农就将从何仙姑那学来的药草知识，传授后人，所以至今天，天台山才有千百种叫得出名字的草药。

还有的传说把何仙姑说成了一个反对父母包办婚姻的烈女。说她的父母为她找了个姓冯的婆家，何仙姑发誓说不嫁人，于是就跳进家门前的水井里面去了。她投井时只穿着一只鞋，还有一只鞋留在井台上，人们怎么打捞也找不到尸首。后来，她的尸首却从福建莆田的江河里漂出来，原来那井与河是相通的，这在当时被传为奇案，于是便有了何仙姑"登仙"的传说。另外还有人传说，说莆田的县令调往增城任职的途中，船舱后方一直有个女尸逆水追随，说这个跟着的女尸就是何仙姑的真身。当然，这是迷信的说法，是不能相信的。

（五）蓝采和行乞乘鹤去

前面我们说过，八仙中有的神仙都是由生活中的某个原型演变而来的，但从可以查到的资料来看，仅能找到其中七仙的历史背景，唯独蓝采和不知是哪个时代的人，家籍何处。蓝采和成了八仙中唯一无祖籍、无出生时间的神仙。因此，我们不能确定他是哪里的人。但是他的行为却是很怪异的，其实就是一个叫花子形象，传说他经常穿着破烂的衣服，带着六寸的腰带，一只脚穿靴，一只赤足。热天时，他总在破蓝衫里面加穿棉袄，还说很冷，你看他也的确是冻得直发抖；数九寒天时，他却只穿一件薄薄的衣服，躺在雪地中却还要叫热，看他喘出的气还真像那蒸气一样。每次在大街上讨饭，手持大拍板，长三尺多，喝醉了就唱歌。老的小的都看他唱歌，唱时好像是发狂，但又不是。歌词随意，想到哪唱到哪，反正歌中内容都是劝人看破世情，功名利禄如浮云这一类，而且变幻莫测，也没有多少人认真听。每次唱完，他就把讨来的钱用绳子串着拖着走，就是掉了也不管不顾。有时看到穷人就把钱随手给出去，有时有点钱就跑到酒肆中去喝得大醉。据说，有人在自己还只是个孩子的时候就见过他，等到自己老了的时候再见着他，蓝采和的容貌竟然与小时候一模一样，一点变化也没有。后来有人看见他在酒楼上饮酒，听见有笙箫的声音，忽然就乘着鹤飞上天空，慢慢地升上天去了。但是等到了元杂剧《汉钟离度蓝采和》中，却说蓝采和是艺名，真名叫许坚，在勾栏里唱杂剧，在他 50 岁时，在为一户人家做寿唱戏时不知犯了什么错，被官府扣打，被汉钟离度化成仙。可以说，蓝采和是八仙中最具神秘色彩的一位了。

（六）曹国舅悟道终成仙

在八仙中，曹国舅的出身可谓显赫，相传他是宋仁宗时的大国舅，名佾，也叫景休。据传说他得道成仙还有一段故事。据说曹国舅有一个弟弟，他这个弟弟可真够得上是作恶多端了，一次他看上了一位秀才的老婆，就趁秀才赴京应试绞死了秀才，强行霸占了秀才的老婆。秀才死后，他的冤魂跑去向包拯申诉，包公一听，岂能让这无法无天的坏人逍遥下去，于是立即查办。听到包公要查办的消息，这曹国舅马上给弟弟出了个主意，让弟弟一定要将秀才的老婆杀死以绝后患。于是，这个当时大宋朝的二国舅就把秀才的老婆给扔井里去了。也是老天有眼，秀才的老婆没死，二国舅走了后她自己又爬上来了，捡了一条命。可没想到的是，这秀才的老婆往回跑的路上偏偏遇上了曹国舅！而且更要命的是，她把曹国舅误当做是包拯了，就向曹国舅申诉上了，这曹国舅一听大吃一惊，忙令手下用铁鞭打死秀才的老婆。要说这秀才的老婆也真是命大，曹国舅手下这些人一顿铁鞭下去，满以为她一个女人家必死无疑了，就把她的尸首扔到一条偏僻的小胡同里扬长而去了。

秀才的老婆醒了之后，找到了真包公，向包公叫冤，包公详细问明真情后想到这两个国舅胆大包天，看来直接审问不一定能有效果，真的惊动皇上就不好办了，也许秀才夫妻二人的冤情就真的不能得到申诉了，看来来明的不行，得用点计策。于是包公就对外宣称自己生病了，一切公务都办不了了。曹国舅听说包拯病了，心想，这好啊，有病了就办不了案了，而且也正好可以借此机会去探一下究竟。包拯看曹国舅上门了，就让秀才的老婆出来诉说自己的冤情，曹国舅哑口无言，乖乖地被包公监禁。拿下了曹国舅，包公又设计将二国舅骗来开封府，再次让秀才老婆出来陈述冤情，这样又将二国舅打入牢中。听到两个国舅都被包公打入牢中，曹皇后不干了，就拉着宋仁宗来找包公要人，让包公放了她的两个弟弟，包公不仅不答应，还下命令将二国舅处决。后来宋仁宗大赦天下，包公才将曹国舅放行。

曹国舅被放后，进山修行去了，从此遁迹山林，一心修道学仙，有一天，汉钟离和吕洞宾问他说："你所养的是什么？"曹国舅说："我所养的是道。"两位仙人又笑着问："道在哪里呢？"曹国舅指着天说："道在天。"两位仙人又问了："那天在哪儿？"曹国舅指着心。汉钟离和吕洞宾满意地说："心即天，天即道，你已经洞悟道之真义了。"于是给了他一本《还真秘旨》，让他精心修炼，从此曹国舅就对着书整日潜心钻研，没多久，真就成仙了。

（七）韩湘子吹箫度韩愈

据说他原来叫韩湘，是唐代大文学家、刑部侍郎韩愈的侄孙。说他一生下来就是一副仙风道骨相，一看就与凡人不同，而且他从小就厌倦奢华，喜欢恬淡的生活，什么佳人美女全然不动心，不管是美酒还是佳肴，都不能让他沉迷。他热心的就一样，道家的修炼之法——黄白之术。

传说有那么一天，韩湘子外出访师，恰巧就遇见了吕洞宾和汉钟离，于是便弃家随二人学道去了。后来到了一处地方，见仙桃红熟，他就爬上树去摘桃，结果桃枝断了，韩湘子重重地摔到地上死了，就这样他就成了神仙。

韩湘子成了仙人以后，没有忘记他的那位大文学家叔叔，就想要度韩愈也成仙，但是他知道韩愈从来就不相信什么佛啊道的，就决定先用法术打动他。正巧那年天大旱，皇帝命韩愈到南坛去祈雨雪，祈祷好久，也没有雨雪降落，眼看就要丢官。这时，韩湘子就变成一位道士，当街立了一块招牌，上面写着"出卖雨雪"。招牌刚一立出来，有人就把这个消息报告给韩愈了，韩愈一听，还有这样的好事？就让人快快去请这个高人来祈祷。道士被请来后就登坛作法，不一会儿，天降大雪。看着这漫天的大雪，韩愈有些不敢相信，就问道士说："这雪是你求下的，还是我求下的？"这个道士非常干脆地回答说："我求下的。"韩愈想，我也求了好多天了，凭什么就说是你求下的，于是就又问："你有什么凭据能证明是你求下的？"没想到这个道士说："平地雪厚三尺。"韩愈一听立即派人去测量，果然雪厚三尺，心里这才有些服气。

说到韩湘子度化韩愈一事，所传说还和诗有关联呢。当初韩愈做刑部侍郎时，宾客盈门，朋僚宴贺。韩湘子劝韩愈弃官学道，韩愈则劝勉韩湘子弃道从学，两个人是谁也说服不了谁。这时韩湘子就用直径只有一寸的一个小葫芦与酒席上所有人对饮，结果那么小的一个葫芦却怎么也饮不尽。然后他又用一个盆装上土，开花两朵，花上有金字对联："云横秦岭家何在，雪拥蓝关马不前。"这事过去了也就过去了，时间一长韩愈也就忘记了。

当时唐宪宗信佛，有一回西番派和尚给他送来佛骨，宪宗就想将佛骨迎进宫，诸大臣谁都不敢说半个不字，这时只有韩愈上书劝阻，韩愈认为佛骨是异端不祥之兆，绝对不能迎进宫。宪宗一听大怒，就把韩愈贬到潮州，并且规定他必须立即起程不得耽误。没办法，韩愈只得往南走去上任，可是走了没几天，就见乌云四起，寒风刮来，大雪纷纷扬扬的就下来了。没有多久，大雪就深达数尺，路已经辨认不出来了，马也不能往前走了，环顾四周连一户人家都没有。想要退回去，大雪又埋了来路，真是进退不得啊。正在这饥寒交迫之际，忽然有一个人冲寒开路，扫雪而来，等到近前才看清，来的人正是韩湘子。韩湘子走上前来问韩愈："您还记得当年花开时的诗句吗？"韩愈问：这是什么地方？"韩湘子说："蓝关呀。"韩愈叹息良久说："世事这般的有定数，我将从前的句子补成一首诗吧。"

二人收拾收拾就住进蓝关传舍，韩愈从此相信了韩湘子的预言并非是没有根据的乱说。晚上睡不着，两个人就又说起了以前的事，说到了修道之法，这次韩愈是心悦诚服。可是没想到韩湘子又作了预言，说"公不久即西归，不惟无恙，并将复用于朝"。这意思就是说，你用不了多久就会回去的，这次被贬，不仅身体不会受到一点点的损害，而且回去后还会被朝廷重用的。韩愈就问，那我们下次什么时候可以再相见

中国古代民间传奇

啊？韩湘子却含糊其辞没有明确答复，据说最终韩湘子度韩愈成仙而去。

（八）张果老不死之身倒骑驴

据《唐书》记载，历史上的确有这个人，说他原本是民间的江湖术士。居山西中条山，自称自己生于尧时，有长生不老之法。唐太宗、唐高宗都多次征召他入宫，被他婉言谢绝。后来武则天也召他出山，他就在庙前装死，当时正值盛夏，不大一会儿，他的身体就腐烂发臭了。武则天听了之后想，这哪是什么神仙啊，何况人已经死了，这事也就只好作罢。但据说，不久之后就有人在恒山的山中再次见到他。这是关于他成仙的说法。其实除了这个说法外，关于他的长生不老，还有很多小故事，只不过这些小故事都与当时的皇帝有关。比如说有一次，唐玄宗问他："先生你是得道之人哪，为什么还头发稀疏干枯，牙齿也都缺了不少，一副老态龙钟的样子呢？"张果老说："我只不过是有一大把年龄而已，也没有什么道术可炫耀的，所以才变成现在你看到的这副样子，实在令人羞愧啊。不过今天如果我把这些疏发干枯的头发和残断的牙齿拔去，就可以长出新的。"于是张果老就在殿前拔去头发，击落牙齿，唐玄宗一看这阵势就有点害怕了，忙叫人扶张果老下去休息。可没想到过了没一会儿张果老回到殿上，果然容颜一新，青鬓皓齿。于是当时的达官贵人们都争相拜谒，求教返老还童的秘诀，但都被他拒绝了。

传说还有一次，唐玄宗去打猎，捕获一头鹿，此鹿与寻常的鹿相比，没有什么不同，只是个头稍有些大。厨师刚要宰鹿，张果老看见了，就连忙阻止说："这是仙鹿，已经有一千多岁了，当初汉武帝狩猎时，我曾跟随其后，汉武帝虽然捕获了这头鹿，但后来把它放生了。"唐玄宗说："天下之大，鹿多的是，再者说了，过去了这么长的时间，你怎么就知道他就是你说的那头鹿呢？"张果老说："当初武帝放生时，用铜牌在它左角下做了标记。"唐玄宗一听忙命人查检，果然在它的身上有一个二寸大小的铜牌，只是字迹已经模糊不清了。玄宗又问："汉武帝狩猎是哪年？到现在已经有多少年了？"张果老说："至今有852年了。"唐玄宗忙让人去核对，果然一点不错。

据说，张果老有一个怪癖，平日他倒骑着一头白毛驴，能日行万里，当然这驴子也是一头"神驴"，不骑的时候，就可以把它折叠起来，放在皮囊里。咱们在前面说过了，八仙过海的时候他就是用纸叠的毛驴，过了海后又收起来了。

可是这张果老放着好好的毛驴不正经骑着为什么非要倒着骑呢？

原来张果老生性好强，总是愿意与别人打个赌取个乐什么的，而且因为他是神仙，凭借仙术每次都能赢，这样一来他就有点骄傲，每次赢了就得意洋洋地骑驴而去。可天下没有常胜将军，即使是张果老也一样。这一天，张果老骑着毛驴儿又到处闲逛，不知不觉就逛到了小河边，河边正在修建石拱桥，主持修桥的工匠师傅是鲁班的第一大徒弟——赵巧儿。偏偏这赵巧儿和张果老有同样的喜好，就是爱和人打赌，争个高低输赢，这时正在桥上忙碌的赵巧儿一抬头远远看见张果老骑着毛驴儿向这边走来。这赵巧儿天天对着一堆石头正觉得没意思呢，见这张果老过来，不知不觉就动起了心思，于是他拿起长尺来到桥东头等候张果老。不一会儿张果老来到桥头，他把酒葫芦盖住口儿挂在腰际的衣钩上。赵巧儿迎上前去作揖问了个好之后，这才开口对张果老认真地说："咱是先说响，后不讲。吃挂面不调盐(言)，有言在先。前辈你老人家名声在外，每赌必赢，天下有名的第一赢家。今天咱叔侄俩打个赌，言而有信天地作证。如果你老人家赢了，我不再拜鲁班爷为师，放下手中的这长尺回家种田去；假如在下我赢了大仙，那就对不起了，你老倒骑驴儿从原路上回去。君子一言，驷马难追，请问前辈意下如何？"

张果老也正是逛得百无聊赖呢，见有个后生不知天高地厚地要跟自己打赌，不由得哈哈大笑起来，心想，这赵巧儿你还真是初生牛犊不怕虎啊，竟敢跟我这神仙打赌比试高低，你这不是不知深浅么？就是你把你师傅鲁班爷请来我都不在乎，何况你赵巧儿呢？想到这，张果老漫不经心地答道："我还忙着呢，要回山去采药，时令不等人啊。要打什么赌就快打吧，不过输了不要后悔，你可一定要说话算数啊！"

赵巧儿见张果老答应了，心里不由得一阵窃喜，他装作很恭敬的样子又上前深深作了一个揖，这才指着河对面三座郁郁葱葱的青山说："前辈想采药，河对面山上全是药材，那就请您屈尊下驴来，把那三座药山挑过桥去，不

知道这个赌前辈有没有兴致，愿不愿意打？"张果老看了看河对岸的药山，又回过头来看了看眼前尚未完工的桥，他这才对赵巧儿说："你这桥只有拱桥礅，没有石板铺桥面，老夫担着药山怎么过呀？那你就把桥修好了再打赌吧！"

赵巧儿抓住驴缰绳对张果老认真地说："嘿……这不是小事一桩嘛，这桥是座神仙桥，我师傅早就封了。这样吧，我拿手中的长尺给您铺桥面，既平坦又宽敞，这可以过了吗？"张果老心想你赵巧儿真有这本事可就好了，竟然敢在光天化日之下卖弄本领，你能拿长尺搭在桥上铺面，那我就能凭一身本事过去，他得意地哈哈大笑起来，边笑边说："后生可畏啊，不亏是鲁班的得意门生，艺高胆也大呀！就这么定了，我要担着三座药山从桥上过啦！咱叔侄俩那就玩一玩，让你开开眼界见见世面也好！"一听张果老答应打赌了，这赵巧儿才松开手中的驴缰绳，一个箭步冲到桥对面，只见他把手中的长尺平放在桥上边，一座平展展的石拱桥立即出现在天地间。张果老跳下毛驴儿施展仙术，果然把红崖河对面的三座山挑在一条担上，他很自信地挑起来，担着药山向桥那边走去，当走到桥中间时，赵巧儿出其不意地将手中的长尺使劲儿往上一折，长尺形成了九十度的直角，扬起的尺子打在张果老的鼻子尖上，全神贯注施展仙术的他惊得向后退了一步，又站在了原地，正当他一愣的关头，赵巧儿也急忙施展法术将担子上的三座药山移到河对岸的原处，张果老挑着空担子傻站在那里一动不动，霎时羞得满脸通红，心里虽然颇为不服气，但按约定又只能认输。

正当张果老沮丧的时候，鲁班出现在张果老和赵巧儿面前，他急忙给张果老赔了个不是，从赵巧儿手中接过折尺看了看说："徒儿你出师了，这折尺就叫赵巧儿三角尺吧！你还站在这里等什么呀，还不赶快到海那边的东瀛岛去？"赵巧儿领命后，向师傅和张果老分别行了礼，拿起折尺朝东方走去，张果老看着赵巧儿远去的背影又长叹了一口气，他知趣地倒骑着毛驴儿追赶赵巧儿去了，鲁班回过身来替徒弟修桥。

四、与八仙相关的神话传说

(一) 苏东坡访八仙

虽说苏东坡是北宋人，八仙神话形成于元明时期，但不知道是老百姓太喜欢八仙还是太喜欢苏东坡，蓬莱编出个苏东坡访八仙的传说出来。

传说苏东坡在登州做官时，想拜访八仙，但不知道到哪儿去找。打听来打听去，才有个须发皆白的老头告诉他，每年三月初三，八仙都要到蓬莱阁上聚会，至于能不能见着他们，就要看缘分了。到了三月初三这天，一大早，苏东坡就上了蓬莱阁，东游西逛可就是没见着八仙的影儿。百无聊赖地到了显灵门，见两老翁下棋，一红脸，一黑脸，都年过八十，须发尽白。红脸老翁见苏东坡来就招手请他做裁判。苏东坡才高八斗，可近前一看棋局，目瞪口呆，懵然看不懂棋路。为免得丢脸，借口有事推辞。红脸老者见状对苏东坡说："你要找的人今天一准来，我们在这儿也是等他们的。反正闲着也是闲着，你就不必客气了。"苏东坡一听诧异不已：他怎么知道我是来找人的？老翁不是寻常人，听他的话没错。于是安下心来静观棋路，慢慢看出点儿门道，也不多想什么了。不知过了多久，走过来一个老乞丐，老远就招呼下棋的老翁："老伙计，今天轮到我请客，走吧，走吧！"红脸老翁一指苏东坡："这儿还有一位呢。"老乞丐看了苏东坡一眼说："那就一块儿来吧。"苏东坡看那老乞丐是要多脏有多脏，破衣烂衫都脏得看不出颜色来，脸上的油垢厚得能揭下一层。本来不想跟着去，可一想到方才对下棋老翁的疑心，也就跟随着去了。上了蓬莱阁，见阁上已经先到了七位，有高有矮，有胖有瘦，其中还有个女的。高腿四方桌上摆

着两个小锅、一方年糕。老乞丐对那几个人说："今天也没有什么好招待的，就弄了三样小菜，诸位凑合着吃吧！"苏东坡探头一看，一条半生不熟的死狗，一个眼歪嘴斜的死孩子，一方长满霉醭的年糕。这伙人谁也没客气，抓起就吃，吃得津津有味，还连说

好吃、好吃。苏东坡只觉得恶心，特别是那死孩子，让这伙儿人你扯胳膊我拽腿，血淋淋的，看得实在是让人心惊肉跳。他本想尝尝那方年糕，可一看沾上了血腥气，又打消了念头。那两位白发老翁倒是直让苏东坡，可苏东坡哪敢吃？眼看着人家狼吞虎咽地吃完了，纷纷离去，只剩下下棋的两位老翁。老翁把苏东坡招到跟前，问道："你猜我俩是谁？"苏东坡摇摇头。红脸老翁说："我是南极仙翁，他是北极星君。刚才在座的那八位，就是你要寻访的八仙。桌上的那三样菜我也告诉你吧：那死狗是万年寿狗；那死孩子是千年人参；那发霉的年糕是寿糕。吃一口多活一百岁，吃两口多活两百岁……铁拐李为弄这三样东西费不少事哩！"说完，两位白发老翁倏地不见了。

听两个老翁这样一说，苏东坡那真是后悔得什么似的，怎么刚才就不硬着头皮吃一点呢！

（二）八仙与蓬莱阁

据古书记载，海上有三座神山：一座是蓬莱，一座是方丈，还有一座是瀛洲，其中蓬莱位居第一。蓬莱阁坐落在蓬莱市的丹崖山上，在渤海和黄海的交界处。蓬莱在古时称为登州，每年春夏之交的时候，常有"海市蜃楼"奇景出现，因此这个地方就被当做是仙境，许多皇帝都来这个地方观海，希望在这能求得长生不老之药。有一次，汉武帝来此观奇，也不知道是他运气不好还是天气条件不合适，他是左等右盼也没看到"海市蜃楼"出现，他为了给自己解嘲，便把这个地方叫做"蓬莱"。因为是皇帝命名的，由此便叫开了。

开始的时候我们说的八仙过海这个传说的出处实际上就在这里。他们八人来到这里要渡海，是以自己手中的法宝顺利渡过的。八仙的法宝实际上与古人征服海洋的历程有关，铁拐李的"拐"实际上是独木舟的缩影，张果老的驴，应该是驴皮筏子，而驴皮筏子是古人在水中常用的东西。据《明皇杂录》中说："果乘一白驴，日行数万里，休则折叠之，其厚如纸，置于巾箱中；乘则以水噀之，还成驴矣。"这实际上说得已经很明显了，就是筏子，筏子当然倒坐正坐都行了。

对于"八仙过海"当地还有另一种说法：蓬莱阁对面有一长岛，是宋朝以来流放犯人的地方。岛上管制犯人的方法非常残酷，有一个规定，就是限定岛内犯人名额不可超过300人，原因是当时的口粮只够300人食用，但四方押来的人犯却源源不断，如果一旦超过300人，超过的部分就统统投入大海。这一制度直到清朝才废除，"八仙过海"是借岛上冒死越狱泅渡的犯人们的故事演化而来的，从这一角度来看，好像也合乎情理。

九顶会仙山

蓬莱城西南三十多里处有座蔚阳山，山上有九座山峰，形态各异，有大有小，民间传说这九座山峰也与八仙有关。相传，某年三月初三八仙去蓬莱阁聚会，路过蔚阳山时被秀丽的景色所吸引，于是八位仙人便纷纷按落云头，饱览山光水色。吕洞宾兴致勃勃地脱下道袍蒙在一方大青石头上，施展法术变出酒席，众仙席地而坐，一边欣赏山景，一边推杯换盏畅饮起来，不一会儿都有了醉意。这时铁拐李倚着宝葫芦，醉眼迷离地说："此番过海访友，诸位只须躺在我这宝葫芦上，忽忽悠悠，一会儿就过去了……"张果老瞪着醉眼，不服气地说："谁稀罕你那破葫芦，俺倒骑着毛驴，一拍驴，噢的一声就过去了。"其他几位也纷纷夸耀自己的能耐。看着吵不出个结果来，汉钟离便腆着个大肚子站出来说："今天过海，大家还是各施法力，请太上老君来评判。看看谁的能耐大，到时也便有了分晓。"一听这话，吕洞宾便摘下道冠，恭恭敬敬盘膝而坐，双目微合，默运神功，一缕青烟自他的头上冉冉升起，化作一道金光，直上云霄。约莫一袋烟的功夫，西南天空飘来一朵祥云，太上老君骑着青牛来了。八仙忙敛起醉态，肃立恭迎。太上老君降下云头，问道："洞宾急急忙忙的发金光请我，为了什么事啊？"吕洞宾上前躬身禀报说："师祖，小徒等人有一事难决，烦劳大驾。"于是便把比试法力的事说了。太上老君听后，沉吟了一会

说："渡水之术乃区区小技，何足道哉！尔等修行之人，怎可轻起争雄好胜之心？"一听太上老君这样说，八位神仙真是个个面有愧色。老君又说了："随缘行善，广布福泽，乃修道正途。这个地方风光秀丽，你们怎么不施展各自法术，为凡间造福？"八仙顿时大悟，一齐上前谢恩。随后，只见吕洞宾口中念念有词，宝剑一指，喝一

声"起",一座陡峭山峰赫然而现。张果老抖擞精神,倒骑着毛驴兜了一圈,一座怪石横生的山峰呈现眼前。接着,铁拐李、汉钟离、曹国舅、韩湘子、何仙姑、蓝采和也都相继施展法术,各造了一座山峰。太上老君见了,满心欢喜,说道:"你们暂且站在一边,等我也造上一座,也算不虚此行。"说罢,手中拂尘一挥,一座高峰拔地而起,峥嵘崔嵬,莽莽苍苍,壮美远在其他山峰之上,让众仙赞叹不已。待八仙回过神来,太上老君已跨上青牛往兜率宫去了。

这就是蔚阳山九峰的来历。后来还形成了每年三月初三的"九顶山庙会",山门前耸立的两块龙头巨碑的碑文中,就有"九顶会仙山"的记载。

(四) 唐槐

这个传说是将植物与八仙扯上了关系。蓬莱丹崖山天后宫院内有棵唐代的槐树,但相传很早以前并没有这棵"唐槐"。八仙到了蓬莱后,铁拐李和张果老(一说吕洞宾)在这个院内下棋,烈日当头,无以遮蔽。铁拐李遂从他的葫芦里倒出一粒种子埋在地下,施展法术,念动咒语,转眼间地面发出绿芽,很快长成一棵大槐树,枝叶繁茂,树冠如伞,二仙就在此树下继续下棋。据称,此树自长成后就没有任何变化。因是仙人施法生成,所以不再继续长,也死不了,总是这副模样。清道光年间天后宫失火,一夜之间烧毁庙观三十余间,而这棵唐槐却幸免于难,不免让人浮想联翩,莫非这棵槐树真是八仙所栽。此外,蓬莱境内关于八仙的传说还有很多,不过大多跟风物地名来历有关,如"铜井""南天门""太和庙""耍祖庙""仙人洞""扁担石""四眼井"等等,如果我们能有机会亲自去蓬莱一带游历一下,深入蓬莱民间听一听老百姓讲述的民间故事或许会更有意思呢。

五、八仙传说对老百姓生活的影响

在中国历史上，有关八仙的文学艺术作品可谓比比皆是，甚至在过去新娘出嫁所乘的轿子上以及印糕上，都可以看到形态各异、栩栩如生的八仙造型。明代出现的青花瓷瓶上有以西王母为中心的图案，其中也有八仙祝寿的场面。在民间，有一种颇为人们所喜爱的方桌叫"八仙桌"，凡此种种，说明八仙在人们心目中具有深刻的影响。

古拳家根据八仙的传说和个性特点，创编了以"八仙"命名的各种拳械。如"八仙拳""醉八仙""八仙剑""八仙棍"等。

（一）渔民忌讳"八仙过海"

"八仙过海，各显神通"，是人们对各行各业有成就的人的褒奖。可是在海边，渔民都忌讳七男一女同船共渡。若出海时未发现，到了海上才知是七男一女同船出海，船老大就故意说："今天船上有九个人"，另一个指的是船关菩萨，以这样的说法破解。为什么渔民会忌讳七男一女一同出海呢？据传同八仙过海的故事有关。

我们开始时说过了八仙过海的故事，说他们八位神仙去赴王母娘娘的蟠桃会，去时大闹了东海。其实，在老百姓的传说中，回来时他们也没消停。他们参加完王母娘娘的蟠桃会，一个个喝得醉醺醺的，出了天庭，飘飘然来到东海边上，不知这八仙中的哪一仙忽然记起东海里有蓬莱、方丈、瀛洲三座神山，顿时游兴大增，七嘴八舌议论道："我们游遍了人间仙境，却至今不知海中三神山到底如何，不如今日乘兴渡海去游玩领略一回如何？"这一提议立即得到了一致赞同。

说时迟，那时快，铁拐李说了一声："看我的"，只见他把拐杖"哗啦"一挥，往海面一划，拐杖顿时化作一只龙船，八仙先后登船，风帆鼓

中国古代民间传奇

荡，顺水向东海驶去。

海上天蓝水碧，面对一派美好风光，八仙喜上心头。韩湘子吹起了五彩箫管，曹国舅敲响了古铜色的阴阳板，张果老打起凤阳鼓，蓝采和跳起花篮舞，吕洞宾舞起宝剑，何仙姑唱起小调，汉钟离、铁拐李在一旁击节拍掌。顿时，万顷东海莺歌燕舞，风生浪涌。

正巧这一刻，东海龙王的第七个儿子，人称"花龙太子"在东海闲逛，忽见仙乐阵阵，有条雕花龙船上坐着八个仙骨道貌的人，其中有个女仙，艳若桃花，音如百灵。"花龙太子"看得如痴如醉，暗暗发誓，非把她抢到手不可。突然间，海上狂风大作，巨浪翻滚，倾刻间将雕花龙船打翻，八个仙人落入了海里。

众仙纷纷施展各自法宝。张果老骑上毛驴背，曹国舅脚踏阴阳板，韩湘子拿仙笛当坐骑，汉钟离铺开蒲扇垫脚底，铁拐李抱住宝葫芦，蓝采和跳上了小花篮，吕洞宾则跨上了宝剑，唯独不见何仙姑身影，原来，她被"花龙太子"抢到龙宫里去了。

吕洞宾将阔袖一甩，收回宝剑，划出一道金光，带领众仙杀向龙宫。就这样，众仙与"花龙太子"展开了一场恶斗。最后，黔驴技穷的"花龙太子"变作一条巨鲸，想一口吞下七仙，想不到蓝采和从半空中抛下一只铁制大花篮，紧紧将巨鲸的头套住了。由"花龙太子"所变的巨鲸无技可施，只好化作一条小海蛇，落荒而逃，向龙王求救。龙王把"花龙太子"骂得狗血喷头，急忙送出何仙姑，并赔礼道歉，最后请来观世音菩萨调解，才饶恕了龙王父子。

"花龙太子"吃了大亏，一直怀恨在心，一有机会，便想报复。从此，见到七男一女同船出海，就以为"八仙"来了，便要兴风作浪，惹事生非。为此，在渔民中就传下这么一个规矩：七男一女不同船。

（二）与八仙相关的习俗

中国的老百姓对八仙是很熟悉的，在民间许多地方，在那里的图画、戏剧、小说和工艺品上都可以看到他们的身影。随着故事的广泛流传，民间与八仙有关的许多习俗也为大众熟知。

1. 八仙桌

我国江南许多地方都称八个人坐的方桌为"八仙桌"。农村几乎家家户户都有这种方桌，用它来祭祖、敬神和礼佛，平时不用也总把它放在堂前显眼的地方。"八仙桌"的来历据说与八仙有关。相传，有一年初春，八仙奉玉帝旨意，前往东海邀请龙王参加宴会，在归途中，他们趁时间还早，便装扮成凡人，下到人间。他们见人世繁华，山川锦绣，便忘记了玉帝的禁令，翻山涉水，穿城过寨，到处游赏。每到风景秀丽的高山大岭，他们便坐下来休息。可是山岭上没有凳子、桌子，八位大仙就各显神通就地取材，利用山上的石头，做成石凳，搭起石桌，边喝酒边赏景。这样许多地方就留下了八仙用过的石桌子。

据说人间本来没有桌子，是后来各地的木匠仿照八仙留下的石桌，做成可供八个人坐的木方桌，才有了今天人们所用的桌子。因它最初是八仙留下的，所以人们叫它"八仙桌"。而至今还留在高山大岭上的那些石桌，有的地方反倒改称为"八仙石""八仙台""八仙坪""仙磴"了。但也有的地方认为"八仙桌"是画圣吴道子所绘。据说八仙因仰慕画圣吴道子之名，飘然来会。吴道子觉得八仙光临，蓬荜生辉，执意要设宴款待他们，但他绘画的洞中没有桌子，便挥毫画了一张方桌，摆在中间并设下八张凳子笑着说："此桌为八仙所绘，那就叫'八仙桌'吧。"

2. 八仙拳

民间还有八仙拳的故事，传说八仙云游四海，到人间悠游玩耍，感叹仙界不及人世，神仙不及凡人。据说"八仙拳"是有一次八仙来到人间喝醉了人间的美酒，与店家争斗而传下来的。它同我国武术的醉刀、醉枪、醉剑和醉棍，并称为"五醉"。

中国古代民间传奇

3. 八仙图

"八仙图"是湘绣著名产品，据说是因为湘绣姑娘心灵手巧，绣品绝妙引得八仙来游绣乡，在绣棚上留下了生动绝妙的八仙形象，成为风格独特、名扬四海的工艺品。这类传说故事并不渲染仙人的神机妙算，反倒突出世间凡人的聪明才智，它们表达了劳动者热爱生活，富于创造力的生活情趣。

4. 祖师爷

我国民间各行各业，都有自己的祖师爷，并且设坛祭祀形成风俗。相传吕洞宾是理发业的祖师。据说农历四月十四日是吕洞宾的生日，这一天各地理发店都要热热闹闹地为他过生日。吕洞宾被视为理发业的祖师是源于一段传说的，相传明朝时候朱元璋做皇帝，这朱元璋因为是个癞痢头，所以凡有剃头匠被召进宫去，就没有活着从宫里出来的。因为剃头时难免剃痛了朱元璋的癞痢疮，他一动怒便殃及无辜的剃头匠。

后来这事被吕洞宾知道了，他便化身剃头匠，应召进宫。说也奇怪吕洞宾用那宝剑变的剃刀给朱元璋剃头，即使碰着他头上的癞痢疮他也不感到痛，反而凉嗖嗖的感到快活。从此以后凡有剃头匠给他剃头，他的癞痢疮就不再感到痛了。在朱元璋统治时期，本来没有人敢学剃头的，后来学的人就多了起来，剃头业也就日渐兴旺发达。他们知道这是吕洞宾祖师的功德和庇佑，所以便倍加感激的把他奉为祖师爷。又因为传说中的吕洞宾深谙医道，具有起死回生之术，因此理发店老师傅也大多懂一些小医术。如刮砂眼、治"落枕风"、刮痧、止血、翻眼皮吹沙等，这自然有利于他们的经营。

5. 祝寿习俗

在我国民间有些地方，祝寿庆贺时要扮八仙敬酒，把八仙和祝寿联系起来，这可能与神仙可以长生不老这一观念有关。祝寿时唱的八仙敬酒歌，又称八仙寿歌，歌词首先唱道："列位尊坐举目留神细听着，细听俺唱一个福禄八仙庆寿歌。富神增福财神都来到，八仙们庆寿呀两边列排着。闪出来四个金字写的本是'合家欢乐'。"接着就唱八位神仙，一个一个唱下去，歌词都是"吉庆有余""寿比南山"之类。这八仙敬酒庆寿的习俗，不仅在民间盛行，就是在宫廷里也一样盛行。据说清康熙五十二年三月十八日，皇帝过六十大寿，张灯结彩，各种大戏轮流上演，臣民随便观看，其中就有《群仙庆寿蟠桃会》《瑶池会八仙庆寿》等民俗戏，据说这种习俗早在南宋时期就有。